非琴经典译文集

丛林中的故事

〔乌拉圭〕奥拉西奥·基罗加　著

非琴　译

河北出版传媒集团
河北教育出版社

图书在版编目（CIP）数据

丛林中的故事 / (乌拉圭) 奥拉西奥 · 基罗加著；
非琴译. -- 石家庄：河北教育出版社，2020.5
（非琴经典译文集）
ISBN 978-7-5545-5814-0

Ⅰ. ①丛… Ⅱ. ①奥… ②非… Ⅲ. ①童话－作品集
－乌拉圭－现代 Ⅳ. ①I782.88

中国版本图书馆CIP数据核字(2020)第070997号

书　　名　**丛林中的故事**
CONGLIN ZHONG DE GUSHI

作　　者　奥拉西奥 · 基罗加（乌拉圭）
译　　者　非　琴

策　　划　杨　才　蒋海燕
责任编辑　刘书芳
音频录制　彭　漩
插　　图　李　奥
装帧设计　于　越
出版发行　河北出版传媒集团
河北教育出版社　http://www.hbep.com
（石家庄市联盟路705号，050061）
印　　刷　石家庄联创博美印刷有限公司
开　　本　850 mm × 1168 mm　1/32
印　　张　4.5
字　　数　58千字
版　　次　2020年5月第1版
印　　次　2020年5月第1次印刷
书　　号　ISBN 978-7-5545-5814-0
定　　价　30.00元

前 言

奥拉西奥·基罗加（Horacio Quiroga，1878—1937）是乌拉圭杰出的短篇小说作家。他生于乌拉圭的萨尔托，但他一生中大部分时间是在阿根廷度过的。

基罗加的第一部作品是诗集《珊瑚礁》，发表于 1901 年。他写了好多部短篇小说集，其中最著名的有《爱情、疯狂和死亡的故事》《丛林中的故事》《安纳康达》《祖国》《流亡者》等，这些作品给他带来了远远超出国界的声誉。

以动物为主体的短篇小说和童话在基罗加的小说中占有相当重要的地位，其中最著名的有《安纳康达》《安纳康达的归来》《祖国》《丛林中的故事》等。通过这些动人的故事和朴素的艺术形象，表达了他对珍视友谊、自我牺牲、团结互助及勤劳善良等许多高尚品质的看法。

本书中的八篇童话均选自《丛林中的故事》，其中，《大乌龟》《瞎扁角鹿》《横渡雅别比里河》《两只小獾和两个孩子的故事》都具有浓郁的人情味，歌颂了友谊、互助、团结和自我牺牲的精神；《鳄鱼的战争》则具有明显的反帝、反战色彩；《一只懒蜜蜂》批评了好逸恶劳的懒惰行为；《火烈鸟的长袜》揭示了爱慕虚荣和无知的下场，告诫人们不要把自己的幸福和快乐建立在别人的痛苦和不幸上……

总之，这是一本对儿童和成人都很有启示和教育意义的书。

目 录

瞎扁角，鹿

从前有一头母鹿，或者更确切地说，是一头母扁角鹿，它生了一对双胞胎，这在扁角鹿中是很稀罕的。两头小鹿当中的一头被野猫吃掉了，只剩下一个小女儿还活着。所有的扁角鹿都很爱它，还喜欢搔弄它的腰部。

每天大清早，母亲都要逼着它重述鹿的戒律，内容是：

“在吃所有的叶子之前，先要仔细闻一闻，因为有些叶子是有毒的。

“下河饮水之前，要仔细察看河水，一动不动地站一会儿，以便证实水中有没有鳄鱼。

“每隔半小时，都要抬起头来嗅一嗅风，以便嗅出老虎的气味。

“在草地上吃草的时候，要时刻小心察看，附近是否有蛇。”

这些戒律是所有小鹿们的“天主我父”。等那头小鹿学会这些戒律后，母亲才独自放它出去散步。

有一天傍晚，当这头小扁角鹿正吃着嫩叶、在树林里徘徊的时候，它突然看到，前面有一棵腐朽了的树，树洞里挂着许多串奇怪的小球。小球是黑色的，很像石板的颜色。

这能是什么呢？小扁角鹿有点儿吃惊。可是，因为它是个很顽皮的孩子，于是朝这些一串串的怪东西抵了一下，赶紧跑开。

它又回过头去看，看到那些小球裂开了，有什么东西从里面滴落出来，还爬出了许多金黄色的细腰小蜂，它们都匆匆忙忙、很担心地飞来飞去。

小扁角鹿走近一些，小蜂并不招惹它。于是它小心翼翼地用舌尖尝了一滴流出来的东西，立刻津津有味地把它舔光了。这一滴滴的东西，原来就是蜂蜜，味道极美，而且那些黑色的小球不是别的，正是这些小蜜蜂的蜂房。这些小蜜蜂并不蜇人，因为它们没有毒刺——是有这样的蜜蜂的。

小扁角鹿用两分钟就吃完了所有的蜂蜜，并且得意忘形地赶紧跑回去，把这一切都告诉母亲。母亲却严厉地责备了它一顿。

“要尽可能小心一点儿，小女儿，”它说，“蜂

蜜是很好吃的东西，可是从蜂房里弄蜜吃是非常危险的。永远也不要去动蜂蜜了。”

小扁角鹿却不高兴地嚷道：“它们并不蜇人哪，妈妈！牛虻和黄蜂才蜇人呢，蜜蜂是不蜇人的。”

“你弄错了，我的女儿，”母亲反驳说，“今天你只不过是走运罢了。有一些蜜蜂和黄蜂坏得很呢，要小心着点儿，小女儿，你会使我非常伤心的。”

“好的，妈妈，好的！”小扁角鹿回答。

可是，第二天一大清早，它就跑到人们在密林中砍出来的小路上去。它想，在那里准会更容易找到蜂窝。

它终于找到了一个蜂窝。这一次，窝里的蜂是暗黑色的，背上有黄色的条纹，它们都很担心地在蜂窝上面飞来飞去。蜂窝也是另一个样子。小扁角鹿却想：“既然蜜蜂大一些，那么蜂蜜大概也更好吃。”

它记起了妈妈的劝告，不过它认为，妈妈说得太夸张了，因为鹿妈妈们不管对什么总爱夸大其

词。于是它用力朝蜂窝抵了一下。

哎哟，它最好是别这么做呀！蜂窝里立刻飞出成千上万的黄蜂，密密麻麻地围住它，蜇它的脸、脚和躯体。它们的刺刺到了它的头上、肚子上和尾巴上——到处，到处……不过最糟糕的，是黄蜂蜇了它的眼睛，有十多只黄蜂在蜇它的眼睛。

小扁角鹿痛得发狂，高声大叫着拔脚就跑。它跑哇，跑哇，一直跑到什么也看不见的时候才停住——它瞎了，完完全全瞎了。

它的眼皮肿得可怕，它的眼睛痛得像刀割一样，它什么也看不见，它又怕又痛、浑身发抖，它一动不动地站着，只能无可慰藉地哽咽着叫喊："妈妈！……妈妈！……"

母亲已经出来找它的女儿了，因为小扁角鹿在外面耽搁得太久了。最后它终于找到了女儿。一看到女儿的眼睛瞎了，它立刻陷入绝望之中。

它小心翼翼地领着女儿回家去。往家走的时候，小扁角鹿把它的头搭在母亲的脖子上。所有在路上遇到它们的野兽，都走到跟前来，忧郁地望着小鹿失明的眼睛。

母亲不知道怎么办才好。怎样给女儿医治呢？它听说，森林对面的村子里住着一个人，那个人有许多药品。那个人是一个猎人，有时候也猎扁角鹿，不过一般来说，他是个非常善良的人。

起初，母亲害怕带女儿到一个猎鹿的人那儿去，然而绝望逼着它下了决心。不过，到猎人那里去以前，它打算先求它的朋友食蚁兽给写一封介绍信，这只食蚁兽也算是猎人的一个好朋友。

不久，它就把小扁角鹿留在一个可靠的地方，自己飞跑着穿过了森林，只是由于奇迹，才没有落入虎爪。跑到朋友的住处以后，它已经累得一步也走不动了。

前面已经说过了，这个朋友是一只食蚁兽，不过不是一只普通的食蚁兽，而是一只特殊品种的食蚁兽。它个子很小，穿着一件黄色的皮袄，黄皮袄上套着一件黑坎肩，上面有两根带子套在肩膀上。这种食蚁兽的尾巴可以紧紧地钩住树枝，因为它们住在树上，喜欢用尾巴钩着树枝，吊在

上面。

食蚁兽和猎人之间怎么会产生了亲密的友谊呢?

森林里面谁也不知道这件事的底细，只不过听说他们很要好。就这样，可怜的母亲跑到了食蚁兽的住处。

嘭，嘭，嘭！——它跑得气喘吁吁，开始敲门。

“谁呀?”食蚁兽问。

“是我，扁角鹿!”

“啊，原来是你！你有什么事呢，扁角鹿?”

“我来求您给猎人写一封介绍信。我的女儿小扁角鹿完全瞎了。”

“啊呀，小扁角鹿吗?”食蚁兽回答，“它是个好孩子。如果这是为了它的话，那么好吧，我这就把您所要的东西拿来给您。什么也用不着写——只要把这个拿给他看一看，他就会接待你们的。”食蚁兽用尾巴尖递给扁角鹿一个干蛇头，蛇头已经干透了，可是还带着毒牙。

“你们把这个拿给他看一看吧。”食蚁兽又说，“别的什么也用不着。”

“谢谢您，亲爱的食蚁兽！”扁角鹿很满意地说，“您真好。”

于是它赶紧跑回去了，因为这时候已经是深夜，黎明渐渐临近了。

它跑进自己的山洞，领出不断轻轻呻吟的小女儿，和它一起很艰难地走到了那个村子里。在村子里它们不得不紧贴着墙根走，走得很慢，免得村子里的狗发觉它们。

它们已经到了猎人门前。

嘭，嘭，嘭！——它们敲门。

“谁呀？”门后传出了猎人的声音。

“是我们，扁角鹿！——我们带来了一个蛇头。”

母亲赶紧把这个信息告诉猎人，好让他知道，它们是食蚁兽的朋友。

“啊，是这样，”猎人一面开门，一面说，“出什么事了？”

“我们到您这儿来，求您帮助我的女儿小扁角鹿——她瞎了。”

于是母亲把小扁角鹿和蜜蜂的故事讲给猎人听。

“嗯！——好吧，咱们来看一看这位小姐害的是什么病吧。”猎人说。

他回到屋里，端出一把高椅子来，叫小扁角鹿坐在上面，好让他不必过低地弯腰，就能看到它的眼睛。他隔着一块大圆玻璃，对着它的眼睛察看了好久，可怜的妈妈就提着灯笼给他照亮。

“没有什么可怕的，”猎人一面说，一面扶小鹿从椅子上下来。“不过要忍耐一点儿。每天晚上把这种药膏给它敷在眼上，还要让它在暗处待上二十天。然后给它戴上这副黄眼镜，那么它就会好了。”

“非常感谢您，猎人！”不胜感激的老扁角鹿高兴地说，“我该怎样感谢您呢？”

“这算不得什么，”猎人微笑着回答，“只是要提防着点儿狗——旁边的街区里有一个人，他的狗都专门受过捕鹿的训练。”

扁角鹿大吃一惊。回去的时候，它们走得非常小心，没有一点儿响声，而且每走一步都要停一停。尽管如此，狗还是发觉了它们，在森林里整整追赶了一英里路。母亲和女儿在森林里一条宽阔的道路上奔跑，小扁角鹿跑在前面，高声呦呦地叫着。

母亲遵照猎人的吩咐，给小扁角鹿进行治疗。不过只有老扁角鹿自个儿知道，它是花了多大力气，才能使自己的小女儿待在树洞里度过整整二十天漫长的日子。树洞里面漆黑漆黑的——终于有一天早上，母亲拨开了遮住洞口的一大堆树枝。它把树枝堆在这里，为的是不让日光透进洞里。这时候小扁角鹿戴着黄眼镜，跳出洞去，高声大叫：“我看见了，妈妈！我全看得见了！”

老扁角鹿看到自己的小女儿又恢复了健康，把头靠在一根树枝上，高兴得哭了起来。

小扁角鹿痊愈了。不过，尽管它精神饱满、身体健壮，也没有什么不如意的事情，但仍然闷闷

不乐——有一件隐秘的心事使它感到不安。喏，这就是它的心事——它想，无论如何也要报答那个对它那么好的人，可是它不知道该怎么办。

不过它终于想出了办法。它经常长时间地在河岸上、沼泽地里和小河湾里踱来踱去，收集灰鹭的羽毛，好拿去送给猎人。猎人呢，也时常想念那头他给它治过病的瞎眼小扁角鹿。

喏，有一天晚上，外面在下着雨，猎人正坐在自己屋里看书——他的心情很好，因为他刚刚修好了自己的茅屋顶，这样就不再漏雨了。突然他听到了敲门声，一开门，看到了一头小扁角鹿。它的嘴里衔着一绺被雨淋湿了的灰鹭羽毛。

猎人笑了，小扁角鹿却闷闷不乐，羞愧地走了。它想，猎人是笑话它这点儿可怜的礼物。以后它又捡了许多又长又宽的羽毛，又干燥，又洁净。过了一个星期，它又给猎人送去了。上一次猎人的笑完全是出于柔情，这一次猎人却不笑了，他怕小扁角鹿不明白他笑的原因，觉得委屈。他送给它一只芦苇编的篮子，篮子里装满了蜂蜜，

小扁角鹿津津有味地把这一篮子蜂蜜吃光了。

从此以后，猎人和小扁角鹿就成了很要好的朋友。小扁角鹿总是想方设法送给猎人许多值钱的灰鹭羽毛，在他的小茅屋里坐上几个钟头，和他闲谈。猎人总是拿一个上釉的碗装一碗蜂蜜，给它摆在桌子上，还给它端一把高椅子来。有时候猎人还拿雪茄烟给它吃——扁角鹿是很喜欢吃雪茄的，这对它们的健康完全没有害处。他们就这样愉快地望着炉火，消磨时光。这时候外面正下着雨，风正敲打着茅屋的屋顶。

因为怕狗，小扁角鹿只是在漆黑的、下雨天的晚上才到猎人这里来。每当暮色降临，开始下起雨来的时候，猎人就把蜂蜜罐摆在桌子上，旁边放上一块餐巾，他自己一面喝着咖啡，一面看书，不时朝门那边望望，等待着那里发出他非常熟悉的嘭嘭声，于是他的朋友小扁角鹿就会在门槛上出现了。

横渡雅别比里河

流经密西奥涅斯省的雅别比里河里有许多魟鱼，“雅别比里”这个词在印第安语里就是“魟鱼河”的意思。魟鱼那个多呀，有时把脚伸到河里都很危险呢。我有一个熟人被魟鱼刺伤了脚后跟，他只好一瘸一拐地走了一里多路，才勉强拖回家去。他一边走，一边痛得直哭。叫魟鱼刺伤以后那个痛劲儿，可以说世界上再没有比这更难受的了。

因为除了魟鱼，雅别比里河里还有许多别的种类的鱼，所以有很多人时常到这里来炸鱼。他们把甘油炸药投到河里，炸死成千上万条鱼。周围的鱼都给炸药炸死了，连那些谁也不要的小鱼也跟着成批地死去。

有一天，有个外地人搬到这一带来住了。他得知人们往河里投炸药，就反对他们这样做，因为他很可怜那些小鱼。别人捕鱼吃，他并不干涉他们，不过他不愿让千千万万的鱼无缘无故地被炸死。

起初，投炸药的人们很不满意——别看这个新来的外地人心地善良，性格却倔强得很。最后他们还是不得不离开这儿，到别的地方去干残害鱼群的勾当。为此，这里所有的鱼都很高兴，因为这个新来的朋友救了它们的性命，别提它们那个高兴劲儿了。它们是那么感激他，只要他一走近河边，就跟在他后面，搅动岸边的水，从河底翻起大片大片的淤泥。能伴随自己的朋友走走，它们就感到心满意足了。他却根本没猜想到这些情况，只是住在不远的地方，过着幸福的生活。

有一天晚上，一只狐狸跑到雅别比里河岸上，把爪子伸到水里大声喊道：“喂，魟鱼，快点儿，你们的朋友来了！他受伤了！”

魟鱼们听了都惊慌地奔向河岸问那只狐狸：“出什么事了？他在哪里？”

“瞧，那不是他来了吗！”狐狸大声说，“他和老虎打架了，老虎正在追他。他大概是想到那个岛上去！放他过去吧，他是个善良的人哪。”

“嗯，明白了，嗯，明白了，我们一定放他过去，”魟鱼说，“而老虎从这儿无论如何也过不去。”

“你们要多加小心哪！”狐狸告别时大声说，

“别忘了，它是老虎哇！”

狐狸突然一跳，又躲到森林里去了。

狐狸刚刚消失，就有一个人拨开灌木枝，往河岸上走来。他穿着一件撕烂了的衬衫，浑身都在淌血。血顺着他的脸、胸膛和腿往下流，滴到了沙滩上。因为他伤势很重，走起路来摇摇晃晃的。他慢慢地走到河岸上，然后走下河去。一下水，聚集在河边的魟鱼立刻给他让开路，直到他在齐胸深的水里艰难地涉水走到岛上，始终没有一条魟鱼碰他一下。

那人一走到岛上，就倒在沙滩上，失去了知觉，因为他流血太多了。

魟鱼们还没来得及为它们奄奄一息的朋友痛痛快快地大哭一场，突然传来一声可怕的怒吼，吓得它们在水里跳了起来。

“老虎，老虎！”它们齐声叫喊，拼命冲向河岸。

真的，和那个人打架的老虎现在追过来了，它来到了雅别比里河岸。老虎也受了伤，全身都在

淌血。看到那人毫无生气地伸开四肢躺在岛上，老虎立刻大吼一声，跳下水去，想去岛上结果他的性命。可是它刚把爪子伸到水里，立刻觉得好像有一打锐利的尖针扎进了它的爪子，于是赶快缩回去——这是保卫渡口的魟鱼，把它们锐利的刺，用力地刺进了老虎的爪子里。

老虎痛得呼哧呼哧地哼着，把爪子举到空中。看到岸边的水是浑的，好像有谁把河底的淤泥都翻了上来，它这才明白，是魟鱼不愿意放它过去。

它勃然大怒，大声喊道：“啊——啊！我知道这是什么意思，你们这些可恶的魟鱼，赶快离开河岸！”

“我们不走！”魟鱼回答。

“走开！”

“不走！他是个好人，杀死他是不公平的。”

“他打伤了我！”

“你也把他打伤了。你可以在树林里跟他算账。在这儿，他就在我们的保护之下——你过不去的！”

“让我过去！”老虎最后一次咆哮说。

“永远——不！”魟鱼回答。（他们说“永远——不！”这是因为住在密西奥涅斯的印第安人——瓜拉尼安人都是像这样说的）

“咱们瞧吧！”老虎高声怒吼。它退后一步，打算往前跳。

老虎知道，魟鱼差不多总是待在沿岸河边。它想，如果它能一下子跳得很远，那么在河当中，魟鱼就追不上它了，它要去吃掉那个垂死的人，也就没有谁能妨碍它了。

但是魟鱼猜到了它的想法，它们互相传递着命令，急忙飞也似的向河中心游去。

“离开河岸！”它们在水底下大叫，“往深处去，往深处去！往河当中去！”

一眨眼的工夫，魟鱼大军都冲向河中心去保卫渡口。这时候，老虎纵身一跳，跳到水里。老虎高兴极了，因为它刚才落到水里，一点儿也没觉得刺痛。它心想，魟鱼准是还待在岸边，这一回它可把魟鱼们骗了。

可是还没等它迈出一步，便立刻有一阵针雨刺进了它的爪子。老虎痛得咆哮怒吼，停在原地团团乱转——魟鱼又刺伤了它的爪子，弄得它的脚上连一点儿好地方也没有了。

老虎仍然想往前走，可是疼痛越来越无法忍受，于是它突然狂叫了一声，冲回岸去。它侧身躺在岸上，痛得喘不过气来。它的肚皮一起一落，似乎已经累得筋疲力尽了。

事情是这样的：魟鱼的刺上有毒，老虎已经中毒了。

不过，战胜了老虎后，魟鱼并不放心，因为它们怕母老虎和许多老虎一起跑来，那么它们就无力保卫渡口了。

真的，不久树林里又传来了吼声，母老虎来了。它看到歪着身子躺着的老虎，气得暴跳如雷。它看到水是浑的，知道水里有魟鱼，于是走到岸边，几乎是用嘴紧贴着水面高声怒吼："喂！魟鱼，我要过去！"

"不行！"魟鱼回答。

“要是你们不让我过去，这里连一条带尾巴的魟鱼也剩不下！”母老虎咆哮道。

“就是我们的尾巴没有了，还是不让你过去！”它们回答。

“我说最后一次，让我过去！”

“永远——不！”魟鱼们大声喊道。

狂怒的母老虎无意中走到水里，有一条魟鱼小心翼翼地游到它的跟前，拼命在它的爪子上刺了一下。母老虎痛得高声咆哮，魟鱼们却微笑着说：“好像我们还有尾巴吧？”

可是母老虎想起了一个主意，它一句话也不说，沿着河岸朝上游走去。

它的计划是这样的：到另一个地方去渡河，别的地方的魟鱼是不知道需要保卫渡口的。

魟鱼们都感到异常不安。

“它要到上游去渡河！”它们高声叫喊，“我们不愿让那个人死，我们应当保护我们的朋友。”

它们那样狂乱地在淤泥里翻腾，把水都搅浑了。

“我们怎么办呢?”它们说，“我们游水又游得不快……来不及让那儿的魟鱼知道……无论如何都要把渡口保住……老虎这会儿已经到达那里了……”

谁也不知道该怎么办。

突然一条聪明的小魟鱼说:“我想出办法来了！咱们派鲫鱼到那里去吧，它们是我们的朋友！它们游得最快！”

“对呀！”大家一起嚷道，“派鲫鱼去！”

转瞬间传达了命令，鲫鱼全部出动，有的排成八行，有的排成十行，立刻飞也似的向上游游去，犹如许多小鱼雷，划破水面，留下一道道波纹。

不过，就是它们也是勉强才能及时赶到那里，传达了保卫渡口的命令。

母老虎已经游到了河中心，正在向岛上游去。可是那里的魟鱼已经及时赶到了对岸，母老虎的爪子刚一接触河底，魟鱼立刻朝它扑过去，用它们锐利的刺刺它的爪子。母老虎痛得发狂了，它咆哮、跳跃，四周的水溅到空中，宛如一片水的

云彩。

虹鱼保卫着往岛上去的要道，依然拦住母老虎的去路，一个劲儿地向它猛攻，直到母老虎也像先前那只老虎一样回到岸上去，无力地倒在沙滩上，举起它那肿得难以想象的爪子。这一次，母老虎仍然没能到那个人那儿去吃掉他。

可是魟鱼们也都很累了。最糟糕的是，那两只老虎也终于站起来跑回森林去了。

现在它们要干什么呢？这使魟鱼们非常担心，它们互相商量了很久，最后说：“我们知道它们要干什么。它们去叫别的老虎一起来这里，它们在一起就能渡过河去了。”

“永远——不！”还缺少经验的年轻小魟鱼们大声叫嚷。

“不，它们会过去的。”老魟鱼们忧虑地回答，“要是有很多老虎的话，它们准会达到目的的——咱们去和咱们的朋友商量商量怎么办吧。”

于是它们一起到那个人那儿去了，因为要保卫渡口，之前它们还没来得及去看望他。

那人仍然躺在沙滩上——因为他已经流了很多血，不过现在他已经能够说话和稍微动弹一下了。魟鱼立刻把刚才发生的事情——它们怎么保卫渡口、拦住老虎，都告诉了他。魟鱼救了他的性命，这样的友谊让这个受伤的人非常感动。

他真诚、亲切地抚摸着离他最近的魟鱼，说：“毫无办法。如果老虎很多，它们要想过河，那么准会过来的……”

“它们过不来！”小魟鱼们说，“您是我们的朋友，它们一定过不来。”

“不，会过来的，我亲爱的朋友们！”那人说，并且喃喃地加上一句，“唯一的出路，是随便派哪一位到我家里去，把毛瑟枪和子弹拿来——不过河里面除了鱼我没有任何朋友——可是你们当中谁也不会在陆地上走路……”

“怎么办呢？”魟鱼们惊慌地问。

“等一等——等一等——”这时候那个人说，并且用手摸摸额角，好像是想起了什么，“我有一个朋友——是一只水豚，它是在我家长大的。它

好像是搬到这儿，搬到雅别比里河来住了。可是我现在不知它住在哪里……”

这时魟鱼们高兴地叫道：“我们知道，我们认识它！它住在岛那边，它跟我们谈过您。我们马上就找它去……”

这么说了就这么做——由最大的一条鲫鱼顺着河道到下游去找水豚。

这时那人舀了点水，在手掌上溶开了一滴血做成墨水，然后拿了一根鱼刺代替钢笔，用一片干叶子当纸，写了这么一封信：“请把毛瑟枪和一整匣子弹，共五十二粒，一起交给水豚给我带来……”

那个人还没写完信，四周就被低沉的吼声震得发抖了，这是全体老虎集合在一起到河边来，它们准备来战斗。鲫鱼把头从水里伸出，为的是竭力不让水打湿那封珍贵的信，飞也似的往水豚那儿游去。水豚接到信后，立刻穿过茂密的草地到那个人的家里去了。

一分钟也不能迟延，老虎嘶哑的吼声已经越来越响，越来越近。

虹鱼把正在等待命令的鲫鱼召集在一起，对它们大喊："赶快，朋友们，赶快到河里去到处报警吧！叫整条河里的全体虹鱼都准备好，叫它们都到岛边集合！咱们瞧吧，看老虎们能不能过河！"

千万条鲫鱼立刻分头飞也似的向上游和下游游去，在水面上留下一道道波纹——它们游得多快呀！

雅别比里河里的虹鱼没有一条没接到去岛边集合的命令。虹鱼从四面八方——从石头底下，从水草丛里，从每条大大小小的支流里——从整条又宽又长的雅别比里河里急急忙忙往那个小岛游去，去保卫渡口，拦截虎群。鲫鱼们在岛边闪电般地游来游去。

又到了行动的时候了：可怕的吼声震得河水都发抖了，一群老虎一下子从树丛里跳了出来！

老虎多极了，似乎密西奥涅斯的全体老虎都集合到这儿来了。可是整条雅别比里河已经被虹鱼弄得沸腾起来了。虹鱼们冲向河岸，准备不惜任何代价保卫渡口。

“让我们过去！”

“不，不能过去！”魟鱼们回答。

“再说一遍，让我们过去！”

“你们过不去！”

“要是不让我们过去，那就连一条魟鱼也活不成，无论是魟鱼儿子、魟鱼孙子，连一条也剩不下！”

“也许是这样吧。”魟鱼回答，“可是无论是老虎、老虎儿子、老虎孙子以及全世界的老虎，都休想从这儿过去！”

魟鱼们这样回答。

于是老虎们最后一次大吼一声：“让老虎过去！”

于是战斗开始了，老虎猛然跳下水去——跳得真远哪——落到一群稠密的魟鱼群里。魟鱼把它们锐利的刺刺进老虎的爪子里，每刺一下都使老虎痛得咆哮不止，可是它们在水里挥舞着利爪疯狂地抵抗着。有些魟鱼被剖开了肚皮，抛到空中去了。

雅别比里河好像变成了血河，魟鱼成百上千地死去。

而老虎也受了相当严重的伤，受伤的老虎逃回去，躺在沙滩上，把肿得不像样的爪子举到空中，咆哮呻吟。

被老虎踩伤、被老虎抓伤和撕伤的魟鱼们一步也不后退。一直有新来的捍卫渡口的魟鱼，急急忙忙地赶到渡口。其中有一些被抛到空中，但一落到水里它们又重新冲上前去，向老虎进攻。

这场恶战持续了半个钟头，半个钟头以后所有的老虎又都回到岸边，蹲在沙滩上，累得伸出舌头，痛得咆哮不止。一只老虎也没能过去。

可是魟鱼们已经气息奄奄。它们当中有很多牺牲了。那些还活着的说："第二次这样的恶战我们是支撑不了多久的！得派鲫鱼去求援，让雅别比里河里的魟鱼立刻都集合到这里来！"

于是鲫鱼们又分头向上游和下游游去，好像许多小鱼雷，划破水面，留下一道道波纹。

魟鱼们游到那个人跟前。

“再这样下去我们也快支撑不住了！”它们悲伤地对他说。其中一些看到它们不能拯救自己的朋友，甚至失声痛哭起来。

“你们离开这儿吧，魟鱼们！”那个受伤的人说，“把我一个人丢下吧。就这样吧，你们已经为我做得太多太多了。让老虎过来吧！”

“永远——不！”魟鱼们众口一词地大喊，“我们一定要保卫曾经保护过我们的善心人！”

这时候那个受伤的人很受感动地说：“魟鱼们，我差不多就要死了，我说话也很吃力，不过我答应你们，当我拿到毛瑟枪时，我们一定要痛痛快快地干它一场！这件事以后甚至可以讲上整整一年。这是我坚定地答应你们的！”

“对，对！我们知道！”魟鱼们高兴地大嚷。

然而还没等他们谈完，战斗立即又开始了。真的，老虎们休息过来以后，突然一下子跳起来，稍微弯下腰，好像是准备跳跃的样子，它们高声怒吼：“最后一次，绝不重复：让我们过去！”

“永远——不！”魟鱼们一面回答，一面急忙冲向河岸。

可是老虎们已经到了水里，战斗更激烈了。现在整条雅别比里河从这岸到那岸，全被染红了，血的泡沫在岸边的沙滩上翻滚。不时有被撕碎的魟鱼飞到空中，老虎们也不时痛得嘶哑地咆哮着。可是双方都不愿退让一步。

老虎们不但不后退，甚至还在向前迈进。鲫鱼的队伍徒劳无益地往来于上下游之间，因为它们再也召集不到魟鱼了，没有别的魟鱼了。它们全部正在岛边奋战，现在有一半已经牺牲了。那些还活着的也都受了伤，而且已经完全筋疲力尽了。魟鱼们明白，它们连一分钟也支持不住了。老虎就要渡过河去了。可怜的魟鱼们宁愿快一点儿死，也不愿出卖自己的朋友。它们最后一次向老虎扑去，可是这一切都徒劳，有五只老虎已经向岛上游去。

魟鱼们绝望地大喊：“到岛边去！赶快到对岸去！”

可是它们又迟了。又有两只老虎向前游去，转

瞬间所有的老虎都到了河中心，只能看到它们的头露在水面上……

然而就在这个时候，有一只红褐色皮肤的小兽，用尽全力划动爪子向雅别比里河游来。这就是带着毛瑟枪和子弹急急忙忙往岛上去的水豚。为了使枪和子弹不被水浸湿，水豚把它们顶在头上。那个人高兴得大叫起来，他知道现在他还来得及帮助魟鱼们。因为自己不能翻身，他就请求水豚用头推他翻过身来，侧身躺着，然后用闪电般的动作给毛瑟枪装上子弹。

这时，那些被撕裂、踩伤、浑身鲜血淋漓的魟鱼们，已经认为自己被打败了。它们猜测，老虎这就要扑过去吃掉它们可怜的朋友。

可就在这一瞬间，它们突然听到一声枪响。它们看到那只走在最前面，已经走上沙滩的老虎，突然高高跳起，掉下来，脑袋被打得粉碎，倒下去死了。

“好，妙极了！”魟鱼们狂喜地大叫，“那个人已经拿到了枪，我们得救了！”

它们把整条河里的水都搅浑了，因为它们简直乐得忘乎所以了。那个人继续安详地射击，每放一枪就有一只新的死老虎跌下去。新的死老虎刚一掉下来，魟鱼就热烈地用尾巴拍水。

那人一枪又一枪地射击，老虎就一只接一只像被闪电击中了脑袋一样，跌到水里，这一切最多只不过持续了两分钟光景。老虎一只接一只地沉到河底，都成了那些贪食的美洲鲳鱼的午餐了。后来有一些死老虎漂到水面上来了，鲫鱼们一直跟着它们，把它们送到巴拉那河去，一路上从它们身上撕下一块块的肉来，乐得它们掀起大片大片的浪花。

通常，魟鱼繁殖起来是很快的，没过多久，它们就又像先前一样住满了整个雅别比里河。那个人伤愈以后，非常感激救了他性命的魟鱼们，于是就搬到岛上去住了。

夏天的晚上，他喜欢在月光下抽着烟，躺在岸上，魟鱼们轻轻地低声私语，把他指给那些不认识他的鱼看，并把它们从前和老朋友并肩作战、最后获得伟大胜利的故事讲给那些鱼听。

火烈鸟的长袜

有一回蛇举行舞会，邀请了青蛙、癞蛤蟆、火烈鸟、鳄鱼和鱼。

鱼因为没有脚，当然不能跳舞。可是既然舞会是在河边举行，于是它们就游近河岸，从水里探出身来，高高兴兴地拍尾巴。

鳄鱼很爱漂亮，都戴上了香蕉项圈，抽着巴拉圭的雪茄。

癞蛤蟆们从头到脚都披着闪闪发光的鳞，摇摇摆摆地踱来踱去，就像在游泳似的。每当它们派头十足地踱到岸边的时候，鱼群就喧闹起来，嘲笑它们。

身上洒着许多香水的青蛙，都是用后脚走路。除此而外，它们每一个的脖子上都挂着一只小萤火虫作灯笼，这些小萤火虫随着它们的每一个动作而左右摇摆着。

然而，要说真正漂亮的话，那还是蛇。它们打扮得像舞女一样，每一个的衣服都适合自己的肤色。

红色蛇穿着红绸子做的裙子，绿色蛇——是穿绿色的，黄色蛇——是穿黄色的，雅拉拉蛇却穿着织有灰色条纹的灰色绸子做的裙子，因为雅拉拉蛇的皮肤就是这样的。珊瑚色蛇的华丽服装更加使人惊奇，它们披着轻纱做的黑、红、白三色的长披肩，弯弯扭扭地跳着舞，活像一些鲜艳夺目的彩色纸带。

当蛇们只用尾巴沾地，踏着舞步旋转的时候，所有应邀到来的客人全部沉醉于狂欢之中，为它们热烈地鼓掌。

只有火烈鸟闷闷不乐。那时候火烈鸟的腿还是白的，而且就像现在一样，有一个肥大弯曲的喙。而愚笨的鸟儿们是不会为了节日而打扮的，它们缺少这方面的智慧。因此，看到大家都穿得这么漂亮来参加舞会，它们因为嫉妒而感到非常苦恼。它们特别嫉妒珊瑚色蛇。每当一条珊瑚色蛇穿着透明的波浪形舞衣，优美地蜿蜒着，从它们身旁飞也似的滑过的时候，它们就嫉妒得要死。

这时有一只火烈鸟说：“我知道我们该怎么办了。我们穿上黑、红、白三色的长袜吧，那样珊

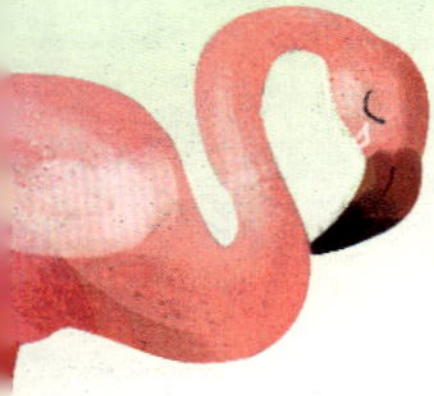

瑚色蛇就会爱上我们的。”

于是它们一下子飞到空中，飞过河去，落在一个城里的小店旁边，开始敲门。

嘭，嘭！——它们用自己的脚敲门。

“谁呀？”小店的老板应声说。

“是我们——火烈鸟。你们这里卖黑、红、白三色的长袜吗？”

“不，没有这种长袜。”小店的老板回答，“你们疯了吗，还是怎么啦？无论哪里你们也找不到这种长袜的。”

火烈鸟们飞走了，又去敲另一家小店的门。

嘭，嘭！——“你们这儿有没有黑、红、白三色的长袜？”

小店的老板回答：“你们说什么？黑、红、白三色的？这样的长袜你们无论到哪里也是找不到的。你们简直是疯子。你们是谁呀？”

“我们是火烈鸟。”那些火烈鸟回答。

于是小店的老板说：“哼，那么就是说，你们是一群疯火烈鸟。”

火烈鸟们又飞走了，去敲第三家小店的门。

嘭，嘭！——“你们有黑、红、白三色的长袜吗？”

小店的老板大嚷道：“什么样的？黑、红、白三色的？只有像你们这种大鼻子的蠢鸟，才会想到问这种长袜。赶快滚开！”

小店的老板拿起笤帚，朝那些可怜的火烈鸟扑了过来。

就这样，火烈鸟跑遍了所有的小店，到处都被人们赶开，到处都被骂成疯子。

有一只到河边去饮水的犰狳，想要和火烈鸟们开开玩笑，于是用非常尊敬的语调对它们说：“晚上好，火烈鸟先生们。我知道你们在找什么。这种长袜你们无论在哪一家小店里也是找不到的。也许，布宜诺斯艾利斯卖这样的长袜吧，不过那样你们就要请人家给你们用邮包寄来了。只有在我的嫂子枭那儿，才能找到你们所需要的东西。你们去求求它吧，它会给你们弄到黑、红、白三色的长袜的。”

火烈鸟们谢了犰狳，就飞往枭住的山洞。

它们对枭说：“晚上好哇，枭。我们来求你给弄几双黑、红、白三色的长袜。今天蛇那里有一个盛大的舞会，如果我们穿上这种长袜，珊瑚色蛇就会爱上我们的。”

“很高兴效劳！”枭回答说，“请稍等一下，我马上就回来。”

于是它把火烈鸟们留在那里，飞走了。过了一会儿工夫，它就带着长袜飞了回来。不过这根本不是长袜，都是珊瑚色蛇的皮。这些奇妙的、色彩鲜艳的皮，是枭从它刚刚捉住的蛇身上剥下来的。

“喏，给你们长袜。”它说，“现在你们可以安心了。只是请不要忘记我对你们说的话：你们去跳舞吧，通宵达旦地跳吧，一秒也不停地跳吧；转吧，翻转身来跳吧——总而言之，你们愿意怎么跳就怎么跳，只是连一秒也不要停顿。如果你们停下来——停止跳舞，那么你们就会吃苦头的。”

可是那些愚蠢的火烈鸟还是没能懂得，有什么样的危险在威胁着它们，它们高兴得忘乎所以，动手把蛇皮长袜穿到自己的长腿上。它们觉得幸福又满意，便飞往舞会去了。

看到火烈鸟穿着这么华丽的长袜，大家都羡慕起它们来了。除了它们，蛇不愿意和别的舞伴跳舞。因为火烈鸟连一秒也不停下来，所以不可能仔细看一看这些惊人的长袜是用什么做的。

然而蛇渐渐开始怀疑这里面有点儿不妙了。当火烈鸟飞也似的从它们身旁走过的时候，蛇都把身子弯到地上，想要更清楚地看看这些奇异的长袜。

珊瑚色蛇心里感到特别不舒服。它们目不转睛地盯着这些长袜，伸长了身子，竭力想要用舌头舔火烈鸟的腿，因为舌头对于蛇，就像手对于人的功用一样。可是火烈鸟们仍旧在一个劲儿地跳着，连一秒也不肯停，虽然它们已经完全筋疲力尽了。

珊瑚色蛇看到火烈鸟们几乎站不住了，于是向

青蛙借来小萤火虫灯笼，聚集在一起，等待着火烈鸟累得倒在地上。

果然，一分钟以后，有一只火烈鸟一点儿力气也没有了，它踩在不知是哪个鳄鱼丢掉的雪茄烟头上，摇晃了一下，就歪着身子倒在地上。珊瑚色蛇立刻提着小灯笼冲到它跟前，照亮了它的两条腿。它们这才明白它的长袜是用什么做的，于是那样气势汹汹地嗞嗞地尖叫起来，甚至在巴拉那河对岸都能听到它们的声音。

“这不是长袜！”蛇们大声叫喊，“我们知道这是什么！我们受骗了！火烈鸟杀死了我们的姊妹，拿它们的皮当长袜穿！它们穿的长袜是珊瑚色蛇的皮！”

听到这阵叫嚷，那些火烈鸟都吓得浑身发抖。它们明白自己已被揭穿，想立即飞走，可是它们已经那样疲乏，因此连一双翅膀也抬不起来了。珊瑚色蛇立刻扑向它们，缠住它们的腿，一瞬间就撕烂了这些可恶的长袜，狂怒地把它们撕得粉碎，并且用自己的毒牙把火烈鸟裸露的双腿咬得到处都是伤痕。

火烈鸟痛得发狂，在地上东蹿西跳，竭力想甩脱缠在它们腿上的毒蛇。最后，那些蛇看到可恶的长袜已经被它们撕得一丝不剩，这才丢开火烈鸟，一面疲惫地爬了开去，一面整理好自己身上被揉皱了的轻纱披肩。而且，珊瑚色蛇都深信火烈鸟不久就会死的，本来嘛，那些咬了不幸的火烈鸟的蛇群当中，至少有一半是毒蛇。

可是火烈鸟并没有死。无法忍受的疼痛使它们痉挛。它们跑到了水里，痛得大叫。本来是白色的腿，由于中了蛇毒都变红了。日子一天天地过去了，可是火烈鸟的腿仍然在痛，火烧火燎地痛得要命。它们完全变成了红色的，红得像鲜血一样，这都是因为中了蛇毒。

从那时候起，已经过了很久了。可是直到现在，火烈鸟还是整天地站在水里，想要冰一冰自己的腿。它们的腿一直还在痛，而且永远是红色的。

有时候它们从水里出来一下，在陆地上走几

步，想看看它们的腿是否好了一些。可是一到陆地上，从前被咬的伤重又疼痛起来，于是火烈鸟又赶快跑回水里。有时候它们的腿火烧火燎地痛得那么厉害，于是它们就缩起一条腿来，这样一连几个钟头站在水里，一动也不能动。

哦，这就是从前是白腿、现在是红腿的火烈鸟的故事。所有的鱼都知道这段故事，因而总是嘲笑它们。火烈鸟站在水里冷却自己疼痛的双腿的时候，绝不放过为此向鱼报仇的机会。只要有一条小鱼敢游近它们，它们就立刻把喙伸到水里，吞掉这个无礼地嘲笑它们的家伙。

鳄鱼的战争

在一个荒无人烟的地方，有一条很宽的河，河里面有许多鳄鱼。那里的鳄鱼数目非常多，也许有一千多条。它们吃鱼，也吃到河边来饮水的动物。不过它们吃得最多的，还是鱼。吃过午饭，它们就趴在沿岸的沙滩上休息。有时候，当一轮满月升起的时候，它们就在碧绿的河水中嬉戏。

它们的日子过得很安宁，也很幸福。可是有一天傍晚，它们吃饱了以后，正在休息的时候，有一条鳄鱼突然醒了，它抬起头来，因为它觉得仿佛听到了什么声音。它侧耳细听，真的，从远远的什么地方传来了低沉的轰隆轰隆的声音。那条鳄鱼唤醒了睡在它身旁的一条鳄鱼。

“醒醒！”它这样说，“咱们处在危险之中了。”

“什么？”另一条不安地问。

“我不知道。”先醒来的鳄鱼回答，“我听到了一种不熟悉的喧闹声。”

第二条鳄鱼也听到了响声，于是它俩立刻叫醒了其他鳄鱼。大家都大吃一惊，都竖起尾巴，跑来跑去。

它们并不是无缘无故地惊慌，因为嘈杂声越来越响了。不久，它们看到远处有一团烟云似的东西，还听到了一种奇怪的声音——扑通——扑通，就像有谁在老远的地方拍水。

鳄鱼们互相对望了一眼，这能是什么呢？

不过这群鳄鱼中有一条聪明的老鳄鱼，在所有的鳄鱼中，数它最老，也最聪明。它的嘴里只剩了两颗牙齿，它曾经历过长途旅行，到过大海。

这条鳄鱼说：“我知道这是什么！这是鲸。它们都大极了，鼻孔里会喷出白色的水柱，喷上去以后，这些水还会落下来。”

听了这番话，小鳄鱼们都非常惊恐胆怯，高声怪叫起来。它们都潜到水里，大声号叫：“这是鲸！哎，鲸来了！”

可是老鳄鱼拉了拉离它最近的那条小鳄鱼的尾巴。

“别怕！”它叫道，“我知道鲸是什么。它害怕我们，它总是什么都怕！”

于是，小鳄鱼们都安心了。然而它们立刻又惊慌起来，因为灰烟已经变成了黑烟，大家都听到了水中扑通——扑通——扑通的很响的声音。鳄鱼们恐惧地潜入水中，只有眼睛和鼻尖还露在水面上。它们潜伏在水里，看到一个庞然大物，浑身笼罩在烟幕之中，在水面上拍打着，从它们旁边驶过——这不是别的，而是一艘初次在这条河里航行的轮船。

轮船开过来，从一旁驶过，又开走了。这时候鳄鱼们都浮到水面上，骂那条老鳄鱼，因为它编出了个什么鲸来骗它们。

“这不是鲸！”它们直对着它的耳朵大喊，因为这条老鳄鱼有点儿聋。“这到底是个什么东西呢？”

老鳄鱼解释说，这是一艘装满了火的轮船，还说，如果轮船还要在这里航行，那么全体鳄鱼就要死了。

但是鳄鱼们都嘲笑它，心想，这个老家伙发疯了。要是轮船在这里航行的话，为什么它们就会死呢？不，可怜的老鳄鱼肯定是疯了。

因为它们都想吃东西了，于是开始去找鱼吃。不过它们连一条鱼也没有找到。一条也没有！所有的鱼都让轮船的响声吓跑了。再也没有鱼了！

“我不是说过了吗？”老鳄鱼说，“现在我们没有东西可吃了。所有的鱼都走了。等到明天再说吧。也许，轮船不再回来，那么就没有什么可怕的了，鱼就会回来的。”

可是第二天，它们又听到了河里扑通——扑通的响声，看到轮船从这儿驶过，可怕地噗噗地喷着气，放出那么多烟来，染黑了整个天空。

这时候鳄鱼们说：“轮船昨天打这儿过，今天又打这儿过，明天还要打这儿过。这儿再不会有鱼了，野兽也不会到这儿来喝水了，我们准会饿死的。咱们来造一座坝吧。”

“对，造坝，造坝！”大家高声喊道，飞快地向岸边游去。“咱们来造一座坝！”

于是它们立刻动手造坝。它们先爬到树林里去，伐倒千万棵树，其中最多的是拉巴乔树和凯布拉乔树，因为这两种树木质都非常坚硬。它们用尾巴——因为这些鳄鱼的尾巴上都长着小锯齿——把树截断，推到水里，拦河都钉上木桩，一根木桩和另一根木桩之间的距离有一米远。随便什么船都无法通过这座拦河大坝，无论是大船，还是小船。这时鳄鱼们深信，谁也不敢再来惊吓鱼群了。因为它们干活儿都干得很累了，于是都趴在岸上酣睡起来。

第二天早上，它们还都睡着的时候，又听到了扑通——扑通——扑通的响声，轮船又出现了。它们全听到了响声，可是谁也没有抬起头来，甚至连眼也不睁。轮船与它们有什么相干呢？它高兴怎么喧闹，就让它去闹吧，反正它从这儿过不去。

果然，轮船甚至都没有驶近水坝，在老远的地方就停住了。人们拿着望远镜从甲板上观察这个截断河流的奇怪建筑，看了很久，最后，船上放下了小艇，想来侦察一下，这是个什么东西。这时鳄鱼们都站起来，爬到拦河大坝前，从木桩之间探出头去，愉快地大笑。它们高兴极了，因为

它们这么巧妙地把敌人难住了。

小艇驶近了，坐在小艇上的人看到了一座由鳄鱼修建的大坝，小艇立刻开回去了。

但不久小艇又划回来了，人们在上面大喊：“喂，鳄鱼！”

“有什么事啊？”鳄鱼们从木桩之间探出头来回答。

“这妨碍我们！”人们喊道。

“当然啦！”

“我们过不去了！”

“好极了！”

“把坝拆掉吧！”

“我们不干。”

小艇上的人互相商量了一阵子，又喊道：“鳄鱼！”

“有什么事啊？”它们回答。

“你们不拆吗？”

“不！”

“那么，不久咱们还要见面的！”

“那怕是很久呢！”

小艇回到轮船上去了，这时候鳄鱼们是怎样欣喜若狂地用尾巴拍水呀。再也不会有任何一艘轮船在这儿航行了，它们将永远永远都有鱼吃！

然而第二天轮船又出现了，鳄鱼们朝它望了一眼，简直都惊呆了：这根本不是原来那艘轮船。这是一艘很大的大船，比昨天那艘船大得多了。这艘新船是什么船呢？它也要打这儿经过吗？不，它过不去，过不去的！无论是那一艘，还是这一艘，或者任何别的船，哪一艘也过不去！

“不，它从这儿是过不去的！”鳄鱼们一面大声叫嚷，一面冲向水坝，各自占据了自己的位置。新来的船像早先那条船一样，停在远处，也像早先那条船一样，放下了小艇，小艇驶到了坝前。

小艇上有一个军官和八名水手。军官高声喊道：“喂，鳄鱼！”

“有什么事啊？”它们回答。

“你们不拆吗？”

“不！”

“不吗？”

“不！”

“好吧！”军官说，“那么我们要用大炮击沉水坝。”

“请击沉吧。”鳄鱼回答。

于是小艇回到大船上去了。

你们要知道，这条鼠灰色的大船是一艘军舰，一艘装着可怕的大炮的大铁甲舰。

聪明的老鳄鱼——就是那条曾经到过大海的鳄鱼，突然猜到了是怎么一回事，它对同伴们大声喊：“钻到水底下去，赶快！这是军舰，跟它可开不得玩笑，赶快钻到水底下去！”

一眨眼的工夫，鳄鱼们都钻到水里，游到岸边，在那里隐蔽起来，只剩下眼睛和鼻尖还露在水面上。就在这一瞬间，军舰上喷出一团烟来，发出一声可怕的爆炸声——一颗老大的炮弹打在水坝正当中。

几根木头给炸得粉碎，飞到空中去了。紧接着军舰上又发出了一颗炮弹，一颗，又是一颗。每发射一颗炮弹，就有一部分坝身被炸成木屑飞到空中，一直到把水坝炸得无影无踪！连一根木头、一点儿木屑、一块树皮都不剩！

一切都叫铁甲舰上的大炮给轰毁了。鳄鱼们藏在水里，水面上只露着眼睛和鼻尖，它们看到军舰噗噗地高声喷着气，从它们旁边驶过，然后消失了。

于是它们爬到岸上，说：“咱们再造一座更大的坝吧。”

就在这天夜里，它们又用许多巨大的树干造成了一座大坝。后来，它们已经很累了，于是都躺下去睡了。第二天早上，它们仍然睡着，因此没有注意到，军舰又已经驶近水坝，放下了小艇。

“喂，鳄鱼！”军官大声叫喊。

“有什么事啊？”鳄鱼回答。

“把这座坝拆掉！”

“我们不干！”

“那么我们也用大炮把它打个稀烂！”

“如果你们办得到——那么就请打吧！”

鳄鱼们骄傲地说。因为它们深信，这座新坝是任何大炮都打不坏的。

过了一会儿工夫，军舰又笼罩在烟幕之中，立刻发出一阵可怕的隆隆声，水坝中部被打垮了——因为这一回朝水坝打来的已经不是炮弹，而是榴弹了。榴弹打在树干上，爆炸开来，把那些大木头都炸成了碎片。第二发榴弹在第一颗旁边爆炸开来，又有一部分坝身飞到了空中。就这样，又炸毁了整个水坝，直到炸得什么都不剩。这时军舰从鳄鱼们身边驶过，军舰上的人都用手捂着嘴，讥笑它们。

“你瞧，”这时鳄鱼们从水里爬出来说，“这回我们可都要完蛋了，因为现在轮船就要经常在这儿航行，鱼群永远也不会回来了。”

大家都很伤心，因为小鳄鱼都哭着要吃东西。

这时那条老鳄鱼说：“不要绝望。咱们找鲇鱼去吧。从前我跟它一道到大海里旅行过，它那里有一颗鱼雷。有一次有两艘军舰作战，它正在附近，于是把一颗没有爆炸的鱼雷弄到这里来了。

得去求求鲇鱼，求它把鱼雷借给我们。虽然我们鳄鱼得罪过它，不过它有一颗善良的心，它不会看着我们统统都死掉的。”

事情是这样的：很多年很多年以前，鳄鱼们吃掉了这条鲇鱼的侄子，从那时候起，老鲇鱼就和鳄鱼断绝了一切关系。可是现在不能管这些，鳄鱼们还是去找鲇鱼了。那条老鲇鱼住在巴拉那河岸边一个很大的地洞里，睡在那颗鱼雷旁边。有的鲇鱼能长到两米长，鱼雷的主人就正是一条这么长的鲇鱼。

“喂，鲇鱼！”全体鳄鱼都聚集在洞口，齐声叫喊——为了它侄子的事，谁也不敢进去。

“是谁喊我？”鲇鱼问。

“是我们，是鳄鱼！”

“我和你们没有任何关系，也不愿意和你们有什么来往。”鲇鱼非常气愤地回答。

于是那条老鳄鱼把头伸进洞口，说：“是我呀，鲇鱼！我是你的朋友，就是从前和你一同到海里去旅行的那条鳄鱼呀！”

听到这一熟悉的声音，鲇鱼游出洞来。

“啊呀，我认不得你了。”它亲切地对自己的老朋友说，“你有什么事情？”

“我们来求你把鱼雷借给我们。有一艘军舰在我们那条河里航行，把鱼都吓跑了。军舰，铁甲舰，你明白吧，我们造了一座坝，可是军舰把它打得连一半儿也没剩下。我们又造了另一座，军舰又把它打得什么都不剩。鱼都跑了，我们准得饿死了。把鱼雷借给我们吧，我们也要把这艘军舰打得什么都不剩。”

鲇鱼听了，考虑了一会儿，然后说：“好吧，我把鱼雷借给你们，虽说我记得清清楚楚，你们是怎样对待我兄弟的孩子的。你们谁会引爆鱼雷呀？”

谁也不会，大家都不作声。

“好的。”鲇鱼骄傲地说，“我亲自来引爆它。我知道该怎么办。”

于是大家都准备上路了。鳄鱼们一条接一条互相连接在一起：第一条的尾巴拴在第二条的脖子

上，第二条的尾巴拴在第三条的脖子上……这样连成一条几乎有一英里长的长链。巨大的鲇鱼把鱼雷推到河里，它自己钻到水底下去，用脊背从下面托住鱼雷，好让它漂流起来更加轻快。因为连接鳄鱼的藤条已经用完了，鲇鱼就用牙齿咬住最后一条鳄鱼的尾巴，于是它们出发了。鲇鱼托着鱼雷，鳄鱼沿岸拖着鲇鱼。它们爬上爬下，爬过一堆堆石头，拖着鱼雷飞跑，鱼雷飞快地分开水流，激起浪花——好像一条船！

第二天一大清早，它们来到了它们造成最后那座水坝的地方，于是立刻开始修建一座更坚固的坝。按照鲇鱼的建议，它们把所有树干排列得彼此相距很近很近。这当真是一座壮丽的坝！

它们放好了最后一根木头，过了还不到一个钟头，军舰又出现了，载着军官和水手的小艇又驶到大坝跟前。这时候鳄鱼们都顺着树干爬到上面，从坝后探出头来。

“喂，鳄鱼！”军官大声喊。

“有什么事啊？”鳄鱼回答。

“又是坝吗？”

“不错，又是坝！”

“拆掉它！”

“绝不！”

“不拆吗？”

“不！”

“好吧，那么你们听着，”军官说，“马上就要消灭你们的坝。为了不让你们以后再造另一座坝，我们的大炮也要把你们消灭干净。你们谁也活不了，无论是大的、小的，肥的、瘦的，年轻的还是年老的，就连我看到的那条最老的老鳄鱼也不例外，瞧，就是那边那一条，它的嘴里总共只剩下两颗牙齿了。”

聪明的老鳄鱼懂得军官说的是它，懂得他是在嘲笑它，于是说：“不错，就只剩了两颗牙了，大部分牙都已经掉了。可是您知道我要用这两颗牙吃谁吗？”它张开大嘴，又加上了一句。

“你到底要吃谁呢？啊？”水手们问。

“吃这个军官崽子！”鳄鱼回答，随即很快地

从木头上跳下水去。

这时候鲇鱼已经把鱼雷安放在水坝正当中，它命令四条鳄鱼在水底下小心地抓住鱼雷，一直等到它发出信号。它们都照办了。其余的鳄鱼立刻藏到离岸不远的水里，只有眼睛和鼻尖还露在水面上。鲇鱼沉下水去，趴在鱼雷旁边。

瞧，军舰又被烟幕笼罩起来，向水坝打了第一排炮。榴弹在水坝正中爆炸了，大约有半打木头给炸成千万块碎片，飞散开来。

可是鲇鱼并没睡觉，坝刚刚裂开了道缝，它就对在水下抓住鱼雷的鳄鱼们喊道："放开它，赶快，放开！"

鳄鱼放开了鱼雷，鱼雷立刻浮到水面上来了。说时迟，那时快，老鲇鱼立刻把鱼雷安置在打穿了的那道缝隙正中，用一只眼睛瞄准了，开动鱼雷上的机关，把它直对着军舰发射了出去。

真的，一点儿也迟延不得。就在这一瞬间，铁甲舰上又响了排炮，炮弹在坝当中开了花，又把一部分坝身炸成了碎片。

不过鱼雷已经飞也似的冲向军舰，人们从甲板上发现了它，更确切些说，是看到了鱼雷在水中推进时的波纹。人们都吓得高声叫喊，想要掉转铁甲舰，让鱼雷打不到它。

然而已经迟了——鱼雷飞也似的冲到军舰跟前，撞在这艘巨型军舰的正当中，立刻爆炸了。

描写鱼雷爆炸时那可怕的巨响，那是根本不可能的。它爆炸开来，把军舰炸成了一万五千块。烟囱、机器、大炮、小艇……都飞向四面八方，飞出了几百英里。

鳄鱼们发出了胜利的欢呼，疯一样地冲向水坝。它们从那里看到，那些死了的、受伤的，还有少数几个幸存的人们，都随波逐流，通过被炮弹打穿的裂缝，让水给冲走了。

鳄鱼们聚集在水坝两侧没被打坏的木头上，当人们从一旁漂过的时候，它们都用爪子捂着嘴嘲笑他们。它们不想吃掉他们，虽然它们认为这原是人们应得的下场。不过当一个制服上缀着金银丝带的人从一旁漂过的时候，那条老鳄鱼只一跳，扑到水里——它的嘴巴吧嗒了两下，就把他吞到肚子里去了。

“这个叔叔是谁呀？”一条天真的小鳄鱼问。

“是个军官。”鲇鱼回答，“我的老朋友答应过要吃掉他，所以就把他吃了。”

鳄鱼们拆除了残存的水坝，现在谁也不需要它了，因为谁还会到这里来呢？鲇鱼看中了军官的皮带和金银饰带，它求鳄鱼把这些东西送给它，于是只好从老鳄鱼的嘴里把它们拉出来，因为它们都塞在老鳄鱼的牙缝里了。鲇鱼把皮带从鳍下面穿过去，系在肚皮上，然后把从前装饰军官佩剑的金丝绳拴在自己的长胡须梢上。鲇鱼的皮肤非常漂亮，就像蛇皮一样，上面布满黑色的斑点，因此它在鳄鱼们面前很得意地游来游去。鳄鱼们都望着它，赞美地张开了嘴巴。

后来鳄鱼们一直把鲇鱼送回洞去，再三向它道谢。随后它们也都回家了。不久鱼群也回来了。于是鳄鱼们又开始过着很幸福的生活，直到现在它们的生活还是很幸福，因为它们对那些沿河运

送货物的轮船终于习以为常了。

不过它们对军舰是根本不屑于理睬的。

两只小獾和两个孩子的故事

从前有一只母獾和三只小獾。它们住在茂密的森林里，吃的是野果、草根和鸟卵。当它们在树上突然听到什么响声的时候，就立刻头朝下跳到地上，翘起小尾巴，连忙逃跑。

等小獾们稍微长大了一点儿的时候，有一次母亲叫它们集合在橙树上，对它们这么说：“小獾们，你们都已经长大了，完全可以自己去找食吃了。现在你们就应该学会这种本领，因为等你们成了老獾的时候，你们就要像所有的獾一样，去独自谋生了。

“你们当中，老大最爱捉甲虫，它可以在腐烂的树枝里面找到它们，那里头有许多甲虫和小虫子。

“老二最爱吃果子，它可以在那个橙树林里找到果子——一直到十二月，那里都会有橙子的。

“老三除了鸟蛋，别的东西什么也不吃，它随便到哪里去都行，因为随便哪里都有鸟窝。只是永远也不要到田里去找鸟蛋——那里危险哪！

“小獾们，世界上有一种东西，你们必须要怕

它，就是狗。有一次我和它们打过架，因此我懂得我是在说什么。从那时候起，瞧，我这一颗牙就断了。狗的后面总是跟着人，人随身带着一种挺响的声音，会把你们打死的。只要你们一听到附近有这种响声，就要立刻头朝下从树上跳下来，不管那棵树有多么高。要是你们不这么办，你们准会被打死的。”

母亲——老獾这么教导说。随后它们全家都从树上下来，分散开，各奔西东。它们东撞西碰，就像在地上找什么东西——所有的獾走路都是这个样子。

小獾当中爱捉甲虫吃的老大，在烂树枝和落叶中寻找甲虫。它找到了那么多甲虫，一直吃到睡着了的时候。

最爱吃果子的老二，也吃够了橙子，因为在巴拉圭和密西奥涅斯，橙树林都生长在遥远的密林里，人是不到那里去的。

最爱吃鸟卵的老三，游荡了一整天，总共才找到了两个鸟窝：一个是巨嘴鸟的窝（里面有三个蛋），另一个是野鸽窝（里面只有两个蛋）。它总共只找到了五个小鸟蛋。这怎么能吃得饱呢？因此，直到晚上，这只小獾还是像大清早一样，觉得很饿。它忧愁地蹲在树林边上，从那里可以看到田野，它想起了母亲的警告。

“为什么妈妈不愿意叫我到田里去找鸟窝呢？”小獾想。

它正这样寻思着，突然听到离这里不太远的地方传来不知是什么鸟的歌声。“它唱歌的声音多么响啊！”它赞美地想，“这个鸟的窝里大概有许多大鸟蛋吧。”

那只鸟又唱了起来，于是小獾穿过树林，全速一直往右面跑去，因为那只鸟的歌声就是树林旁边什么地方传来的，离这里很近。

太阳已经落山了，可是小獾仍然翘着烟筒似的小尾巴，一个劲儿地奔跑。它跑到了树林边上，朝田里望了望。它看到，远处有一座人住的房子，还有一个穿长筒靴的人，用绳子牵着一匹马。它还看到了一只很大的鸟，就是那只唱歌的鸟。小

獾立刻用爪子敲敲自己的额角，说：

“唉，我真傻呀！现在我知道这是什么鸟了，这是公鸡。有一次妈妈在树上指给我看过的。公鸡有美妙的嗓子，母鸡会下蛋。唉，要是我能尝一尝鸡蛋的味道，那该多好！”

大家都知道，树林里的小兽最喜欢吃的东西就是鸡蛋。有一分钟小獾想到了妈妈的警告，不过仅仅是一分钟而已。吃鸡蛋的愿望战胜了一切，于是小獾蹲在树林边上，等着天色完全昏暗下来，好到鸡窝里去。

夜幕终于降临了，小獾踮起脚尖，悄悄地往人的房屋那边走去。它走到房子跟前，凝神听了一会儿：一片寂静，连一点儿声音都没有。小獾高兴得发狂了，它准备要吃一百个、一千个甚至两千个鸡蛋。它钻进鸡窝，首先看到的是地上的一个鸡蛋——一个又大又漂亮的鸡蛋。起初小獾想把它留到“以后”，留到最后再吃——这个鸡蛋实在是太大了，不过这时它的口水流出来了，于是它用自己的利齿咬住了这个鸡蛋。可是小獾刚在

蛋壳上咬了一口，突然——啪！——它的鼻子上挨了重重的一下——满脸都痛得要命。

“妈妈，妈妈！”它痛得发疯似的叫喊，朝四下里乱跳乱窜。可是它的爪子被牢牢地夹住了。这时立刻听到了嘶哑的狗吠声……

当小獾在树林边上等着天黑，以便偷偷溜进鸡窝的时候，住在这座小房子里的那个人，正在打谷场上和他的孩子们玩耍。这是两个有着一头浅色头发的孩子，女孩儿五岁，男孩儿六岁，他们嬉笑着，争先恐后地奔跑，跌倒了，笑着爬起来，接着又跌倒了。父亲也常常跌跤，孩子们高兴极了。

最后，他们不玩了，因为天已经晚了，父亲对孩子们说：“我去把捕兽器装上，要是有伶鼬来拉小鸡和偷鸡蛋的话，它就要落网了。”

于是他去装好了捕兽器。

后来大家吃过晚饭，孩子们都去睡觉了。可是他们睡不着，他们在床上蹦蹦跳跳，时常被自己身上的长衬衫绊倒。父亲在饭厅里看报，装作没有听到他们吵闹的样子。

突然，孩子们不跳了，大声喊道："爸爸！伶鼬叫捕兽器捉住了！你听到了吗？我们的土凯叫得多么凶啊？爸爸，我们也要去看看。"

父亲同意带他们去，不过有一个条件：孩子们得穿上鞋——他从来不准孩子们夜间光着脚出去，因为怕蛇咬着他们。

大家一起去了。他们看到了什么呢？他们看到父亲用一只手抓住狗的脖子，另一只手抓住一只小獾的尾巴，把它提了起来。这是一只很小的小獾，它刺耳地尖叫着，说得更准确些，是像蟋蟀那样唧唧地叫着。

"爸爸，别打死它！"孩子们大声叫嚷，"它还小得很呢。把它给我们吧。"

"好的，我把它送给你们。"父亲同意了，"不过你们要好好照顾它，最主要的是不要忘了，獾也要喝水，就像你们一样。"

父亲所以要这么说，是因为有一次他送给孩子们一只小野猫，他们老是从厨房里偷肉来喂它，

却忘了给它水喝，弄到最后，它终于死了。

于是孩子们把我们这只小獾放到鸡窝旁边的一个笼子里——就是从前小野猫住的那个笼子，然后又去睡觉了。

很快就过了半夜，四周静悄悄的。被捕兽器的机关重重地打伤了的可怜的小獾，看到月光底下有三个影子，小心翼翼地、偷偷地往它的笼子这儿走来。当它认出这是来找它的母亲和两个哥哥的时候，它的心怦怦地狂跳起来。

“妈妈，妈妈！”失去自由的小獾轻轻地尖叫着，竭力不大声喧嚷，“我在这里，把我拉出去吧！我不愿意待在这儿。妈妈……”于是它无可慰藉地痛哭起来。

不过尽管如此，小獾全家还是很高兴的，因为它们都在一起，又可以亲切地用嘴互相推来推去了。它们立刻决定动手解放这个小俘虏。起初它们想要咬穿笼子上的铁网，它们四个一起用牙齿咬了好久，可是一点儿用也没有。

这时候老獾想到了一个很妙的主意！它说：

“咱们去找人用的工具吧！人都是用这些工具来截断铁块。他们管这些工具叫作锉。这种锉有三个棱，就像响尾蛇一样。如果想用它们来截断什么东西，只需要一前一后地拉它。走，快找去吧！”

它们跑到那个人的工作室里，不久就拿回一把锉来。它们认为独自拿不动这么重的东西，于是三只獾一起抓住那把锉，动手锉起来了。它们那么急切地锉着，弄得整个笼子在发抖、呻吟，嘎嘎乱响。响声那么大，狗被吵醒了，嘶哑地吼叫起来。然而獾们不去等着狗为了这种行为来追究它们的责任，立即全速奔向树林，把那把锉也丢在地上了。

第二天，女孩儿和男孩儿一大早就起来去看望他们新来的客人，客人却郁郁不安。

“我们给它取个什么名字呢？”妹妹问哥哥。

“我知道，”小男孩儿回答，“咱们管它叫‘十七’吧！”

为什么是十七呢？还从来没有一个树林里的小兽叫这么古怪的名字哩。可是小男孩儿正在学数

数，大概刚好数到了十七。

于是就给小獾取名叫“十七”。孩子们给它拿来了面包、葡萄、巧克力糖、肉、蚱蜢和蛋。只一天的工夫，小獾对孩子们就已经恋恋不舍了，到傍晚，它就允许孩子们在它耳朵后边搔摸了。孩子们的真诚和爱，力量是这么大，当夜幕降临的时候，小獾已经安于俘虏的地位了。它一直在想着那些明天还可以吃到的好东西，并且满怀着柔情地想到那两个浅发的孩子，他们是那么快活，那么善良，那么可爱。

一连好几天，狗都睡在小獾的笼子附近，因此这个小俘虏的亲人们都不敢到它跟前来了，这使它觉得非常难过。等以后野獾们又到笼子这里来，要找锉来解救小獾的时候，它却对它们说：“妈妈，我不想离开这儿了。这里的人们喂我鸡蛋吃，待我也很好。今天他们对我说，要是我肯听话，不久就会给我自由的。这些人的孩子们跟我们一样，他们也很小，我们总是在一块儿玩。”

起初野獾们非常难过，不过以后也就认命了，它们决定每天晚上都来看望这只小獾。

真的，每天晚上，不管下雨还是晴天，母亲和兄弟们总要来看望这个小俘虏。小獾时常隔着栅栏塞给它们一小块面包，野獾们就坐在笼子前面吃起来。

过了半个月，小獾已经获得了自由，每天晚上它自己回到笼子里去。一切都很好——如果不算有几次因为它跑得离鸡窝太近，人们拉着它的耳朵把它拖开的话。小獾很喜欢孩子们，孩子们也很喜欢小獾，看到这些人的孩子们这么可爱，甚至连野獾们也喜欢他们了。

可是有一次，在一个漆黑的夜晚，天气很热，远处传来了隆隆的雷声，野獾们走到笼子跟前，呼唤小獾，里面却没有回答。

它们不放心地再走近一些，险些踩到在笼子口盘成一堆的一条巨蛇。野獾们立刻猜到，当小獾进笼子的时候，准是被蛇咬了，它所以不回答它们的呼唤，这是因为可能它已经死了。啊，它们一定要为它报仇！它们立刻在这条响尾蛇眼前东

蹿西跳，弄得它搞不清出了什么事，紧接着就猛扑过去，咬死了它。

随后它们跑到笼子里：小獾伸直了身子躺在那里，浑身发肿，爪子颤抖着，眼看就要死了。它们徒劳地推它，徒劳地给它舔了整整半个钟头。最后小獾长吁了一口气，就死了。一般地讲，獾对蛇毒并不十分敏感，可是，大概蛇正咬在我们这只小獾的静脉上，所以它才死得这么快。看到它的孩子再也不会动了，母亲——老獾和兄弟们——两只小獾都悲伤地痛哭了好久。后来它们悄悄地走出笼子，因为它们在那里再也无事可做了。它们最后一次绕着那座房子走了一遭——它们的小獾曾经在这座房子里过着那么幸福的生活，就都躲到树林里去了。

不过三只野獾回到树林以后，都很忧愁，有一个想法在纠缠着它们：第二天早晨，当两个浅发孩子看到他们亲爱的朋友已经死了的时候，他们会说什么呢？要知道，他们是那么爱它，野獾们也都很爱这两个孩子。

三只獾这么思忖了一阵儿，它们决定要帮助孩子们，不叫他们感到苦恼。它们商量了很久，最后决定这么办：老二的外貌和习性都像它的小弟弟，它应当代替死去的弟弟，待在那个笼子里。

野獾们已经从死去的小獾的话里知道了这座房子里所有的门路，因此它们想尽可能不让孩子们发觉任何暗中偷换的迹象。野獾们想：“也许有时候人的孩子们会觉得他们的朋友行为有点儿奇怪，可是除此以外，不会有别的感觉了。”事情果真就是这样。

野獾们怎么想就怎么办了。他们拖着死了的小獾回到树林里，把老二留在笼子里代替它。可怜的死小獾啊！它的头耷拉着，尾巴在地上拖着。

第二天，孩子们果然为他们的朋友某些古怪的脾气感到惊奇，可是看到它还是像往常一样善良、可爱，就一点儿也没起疑心。

小獾和孩子们仍然愉快地在一起玩，野獾们照常每天晚上来看望。它请它们吃煮鸡蛋，它们就给它讲森林里的故事。

大乌龟

从前，在布宜诺斯艾利斯住着一个人。他过得很幸福，因为他很健康，也很勤劳。可是有一回他病了，医生们对他说，只有在空气新鲜的地方他才能恢复健康，无论如何他也不能留在城里了。不过他不愿意离开这儿，因为要是他走了的话，他的小弟弟们准会饿死的。

他的身体一天比一天差，最后，他的一个朋友——动物园的经理对他说：“您是我的朋友，我知道您是一位正直、勤劳的人，因此我希望您能离开城市，住到远远的森林里去。在那里您可以在新鲜空气里散散步，不久就会恢复健康的。您打枪打得很准，就暂时在那儿打猎吧。等您回来的时候把兽皮带给我，我先付给您钱，免得您的小弟弟们在您不在家的时候饿死。”

病人同意了，于是远远离开城市，甚至不是到密西奥涅斯，而是到更远的地方去了。

那里气候很温暖，病人渐渐恢复了健康。

他孤零零地住在森林里，自己给自己做饭，也经常猎取飞禽野兽，因此总能吃到肉食。此外，他还采树上的野果吃。他睡在树底下，遇到连阴天，就花五分钟用棕榈叶子编一个天棚，然后坐在树底下抽烟，四周森林被怒吼的狂风吹得发抖。

他把打死的野兽皮卷成卷背在身上。他还捉了许多毒蛇，把它们装在一个挖空了的南瓜里——在那一带南瓜长得很大，就跟煤油桶一样大。

我们的猎人又恢复了健康，他又变得面色红润、身体强壮了。有一天，因为打猎不顺利，他很想弄点儿什么东西来吃。这时他看见湖岸上有一只很大的老虎，爪子里抓着一只很大的乌龟。老虎把乌龟侧放在地上，想把爪子伸到龟甲下面掏龟肉吃。

老虎看到猎人时可怕地大吼一声，纵身一跳，眼看就要抓到猎人了，但猎人开了一枪，这一枪打得很准，子弹正射入老虎的两眼当中，打碎了它的头盖骨。

随后猎人剥下了老虎的皮。这张皮可真大呀，足够做整整一间房子的地毯。

“现在，我来吃龟肉吧，据说龟肉味道很鲜

呢。”猎人说。

不过等他走到乌龟跟前，就发现它受了伤——它的头几乎要被揪掉了，只是勉强还和身子连在一起。

猎人虽然很饿，但对这只可怜的乌龟产生了怜悯心。他用绳子捆住乌龟的身子，把它拖回棚子里去。因为他没有破布，就把自己唯一的一件衬衫撕成绷带，把乌龟头包扎起来。他只能用绳子拖着乌龟才能走动，因为它很大，比椅子还高，重量也不亚于一个成年人。

于是乌龟就待在棚下一个角落里，整天趴在那儿一动也不动。

猎人每天给它医治，给它包扎头部，然后用手轻轻地拍拍它的背。

乌龟终于痊愈了。这时猎人却生起病来，发烧、全身疼痛。后来他倒下了，体温一直上升，焦渴折磨着他，喉咙里干得好像要冒出烟来。猎人心里明白，他的病情很严重，于是就说起话来，虽然他是孤零零的一个人，谁也不会听到他的话。

“我要死了。”猎人说，“这儿只有我独自一个人，我站不起来，连给我递杯水的人都没有。我会在这儿渴死、饿死的。”

过了一会儿，体温升得更高，于是他失去了知觉。

但乌龟听到了他的话，它想：“从前这个人没吃我，虽然那时他很饿。他给我治好了伤，现在我一定要给他治病。”

于是它动身到湖里去，找了一个小龟壳，用灰和沙把它仔细擦洗干净，装满了水送回去给猎人喝——这时候猎人正躺在自己的披肩上，快要渴死了。然后它又去寻找甜美的根和柔嫩的草拿给猎人吃。猎人吃了，但没注意谁送给他吃的，因为他一直在说胡话，谁也认不出来。

每天早上乌龟都在树林里转来转去，找到香甜的植物根就给猎人带回来。如果它会上树的话，那么它准会给他弄来果子的。

一连好几天它都像这样照顾那个猎人，而猎人却不知是谁给他送来了食物。有一天他恢复了知觉，朝四下里望了望，看到他还是独自一个人，因为棚子里面只有他和一只乌龟，而乌龟终究只是个动物哇。

于是他又说：“在这座森林里我是孤零零的一个人，热病还会发作，我准会死在这儿的，因为只有在布宜诺斯艾利斯才有能给我治病的药。可是我永远也走不到那儿，我准要死在这儿了……”

他说得不错——就在这天晚上，他又发起高烧来，于是他又失去了知觉。

这一回乌龟又听到了他的话，它自言自语地说：“如果他留在森林里，那么他准会死的，因为这儿没有治他病的药。我一定要把他送到布宜诺斯艾利斯去。”

这样说过以后，它就采集了些像绳子一样又细又结实的青藤，很小心地把猎人放在自己的背上，牢牢地绑好，免得他掉下来。有好久它都没能把猎枪、兽皮和装蛇的南瓜稳当地摆在自己背上，不过最后它还是没有惊动病人就把这一切都弄妥当了，然后就上路了。

乌龟背负着重载，就这样一直走哇走哇走，不分昼夜地走着。它穿过一片片森林和田野，渡过一条条足有一英里宽的河流，爬过许多难以通行的沼泽，有好几次险些陷在里面。它的背上驮着一个快死的病人，每隔七八个钟头，它就找一块干燥的地方停下来，解开绳索，小心翼翼地把病人放在绿茸茸的草地上。这时候它就去取水，找来甘美的植物根，把这一切给猎人吃，然后它自己也吃点儿东西，虽然它觉得那么累，真想能痛痛快快地睡一觉。

有时它不得不在火辣辣的太阳底下行走。那是闷热的夏天，热病残酷地折磨着猎人，他快要渴死了，不断地说着胡话，他大喊：“水，水！”乌龟必须时常给他水喝。

他们这样一天又一天、一个星期又一个星期地走着，每一刻他们都越来越接近布宜诺斯艾利斯，可是每一刻乌龟也越来越衰弱，越来越没有力气，虽说它对此毫无怨言。有时，它会倒下去好久，一动也不动。而猎人一清醒过来就说：“我要死了，我的病越来越重了，只有布宜诺斯艾利斯才能治好我的病，可是我要孤零零地死在这儿，死在这个大森林里了。”

他以为他还一直待在那个棚子底下，周围的情况他一点儿也没注意到。于是乌龟又站起来，重新上路。

可是有一回将近黄昏的时候，可怜的乌龟倒下去后就再也爬不起来了，它已经筋疲力尽。为了早日到达布宜诺斯艾利斯，它已经整整一个星期没吃东西了。

当天色完全暗下来的时候，它看到远远的地平线上有一片光照亮了整个天空，不过它不知道这是什么。它觉得自己越来越衰弱，于是闭上眼睛，想要和猎人死在一起。它悲哀地想：“我不能救活这个好心肠的人了。”

然而乌龟已经来到了布宜诺斯艾利斯，虽然它自己并不知道这一点。它看到的空中的亮光就是城市的灯光，它却倒在自己伟大征程的目的地旁，气息奄奄了。

不过有一只小老鼠——说不定这就是小老鼠彼彼斯吧，它偶然看到了这两个奄奄一息的旅客。

“好一只大乌龟！”小老鼠说，“我从来没看到过这么大的乌龟。你背上驮的是什么呀？木柴吗？”

“不是，”乌龟悲哀地回答，“这是人。”

“你和他到哪儿去呢？”好奇的小老鼠问。

“我到——我到——我想要到布宜诺斯艾利斯去。”可怜的乌龟这么低声回答，低到勉强才能听清它的声音，“可惜，看来只好死在这儿了，因为我永远也走不到的……”

“唉，你呀，你真糊涂，真糊涂哇！”小老鼠笑着说，“我从来还没见过这么糊涂的乌龟！你这不是已经来到布宜诺斯艾利斯了吗？你看，那边的灯光就是布宜诺斯艾利斯了呀！”

听了这番话，乌龟觉得浑身有一股从来没有过的力量，因为拯救猎人的希望又复活了，于是它又往前爬。

一大清早，当人们都还在梦中的时候，动物

园里的经理看到一只奄奄一息、浑身泥污的乌龟，乌龟背上用藤条牢牢绑着一个奄奄一息的病人。经理认出这是自己的朋友，于是立刻弄来了药，猎人吃了药就痊愈了。

人们告诉猎人，是乌龟救了他的性命，为了给他治病，它足足走了三百英里。从此猎人再也不愿和这只乌龟分离了。因为他家里地方太小，不能把它养在自己家里，他的朋友建议把乌龟带到动物园去，并答应待它像待自己的亲儿女一样。

于是就这么办了。现在乌龟经常在动物园里踱来踱去，日子过得十分幸福，因为周围的人都关怀它，爱护它。这就是你们熟悉的那只大乌龟，这就是每天在猴子笼旁边吃草的那只乌龟。

每天晚上，猎人都到它那儿去做客，它从老远就能听得出它朋友的脚步声，他们俩总是要在一起待上好几个钟头。分别的时候，如果他不亲切地拍拍乌龟的背，它是无论如何也不让他走的。

秃鹦鹉

从前，森林里有一群鹦鹉。

每天一大清早，它们就飞到邻近的庄稼地里去啄食玉米，午饭它们是吃橙子。它们通常吵吵嚷嚷，闹得很厉害。其中一只总是飞到最高的树上，在那儿监视着有没有人来，仿佛是个哨兵。

这群鹦鹉比蝗虫还坏，因为它们不但啄净玉米粒儿，而且还剥光嫩玉米轴，之后只要一下雨，这些嫩玉米轴就腐烂了。不过，鹦鹉肉的味道很鲜美，因此佃农们时常去猎鹦鹉。

有一回，一个佃农以准确的枪法射伤了这只放哨的鹦鹉。鹦鹉虽然受了伤，可还是抗拒了很久，不让人逮住它。最后，这个佃农还是捉住了这只鹦鹉，并把它带回家去，送给了自己主人的孩子们。这只鹦鹉只是折断了一只翅膀，孩子们给它治好了伤。鹦鹉伤好了以后就变得完全驯服了，人们给它取名叫彼得利托。

彼得利托学会了伸出爪子和人握手，而且很喜欢落到人的肩膀上，用喙在人耳后轻轻地搔弄。

彼得利托过得自由自在，几乎整天都待在花园

里的橙树和桉树中间。此外，它还喜欢逗鸡玩儿。五点钟左右，通常人们在屋里喝茶的时候，彼得利托也和人们一起匆匆忙忙地跑进餐厅，很快地用喙和爪子忙碌着。它攀上桌子，桌子上总是摆着为它准备的、在牛奶里泡过的面包。它最喜欢喝的东西是加牛奶的茶。

彼得利托和孩子们非常要好，孩子们也经常跟它闲扯，因此它不久也学会了说话。它时常叫道:“你好，傻——瓜！土——豆——好！给彼得利——托—— 一点儿土豆！”它甚至也会说那些不好在这里重复的话了，因为鹦鹉和孩子们一样，是很容易学会骂人的话的。

每逢下雨的时候，彼得利托总是耸起羽毛好久好久地自言自语。一旦天晴了它又飞来飞去地大叫，好像发了疯似的。

现在你们明白了吧，它是一只非常幸福的鹦鹉，除了鸟儿们所向往的自由以外，它和富裕的人们一样，也有自由的“下午茶”。

你瞧，在这幸福的日子里，有一回却出了这么一桩事情。那是在连阴了五天以后，太阳突然探出头来的时候，彼得利托大叫着飞到花园里去了。

“美——好的晚——上，彼得利——托。土——豆——好。你——好，彼得利——托！”于是它飞得很远很远，一直飞到能看见下面很低的地方流过的巴拉那河，从上面看，那河宛如一条宽阔的带子。它仍然一个劲儿地往前飞，最后才在一棵树上休息。

突然，透过树枝它看见下面有两点绿火，好像两只大萤火虫。

“这是什么？”鹦鹉想，“土——豆——好，这是什么呢？你好，彼得利——托……”

和别的鹦鹉一样，它总是在信口胡扯，有时候很难了解它在唠叨什么。

因为它很好奇，所以它就顺着一根根树枝往下飞，一直飞到离地面很低的地方。这时它才看清那两点绿火原来是一只老虎的眼睛，那只老虎正躲在树底下凝望着它。

可是这个时候彼得利托的心情好极了，它一点

儿也没有害怕。

“你好，老虎！”它说，“你好——哇，彼得利托！”

老虎用可怕的嘶哑的声音——老虎们说话的声音总是这样的——回答鹦鹉：“你——好！”

“你好，老虎！”鹦鹉又说，“土——豆——好！土——豆好！土——豆——好吃！”

它不知疲倦地重复着：“土豆好！”这是因为那时候已经四点钟了，它很想吃点儿东西，它根本忘了野兽并不喝放牛奶的茶，于是它请老虎也去喝杯茶。

“好茶，好吃的牛奶！”它说，“你好，彼得利——托！你好，老虎！——你想喝杯茶吗？好喝——的茶，好吃的牛奶！”可是老虎勃然大怒，它以为鹦鹉是在嘲笑它，加上它肚子也饿了，于是想要吃掉这只多嘴多舌的鹦鹉。它回答：“好的！请——飞——近——一点儿，朋友，我耳朵聋！”

老虎的耳朵并不聋，它只不过想把鹦鹉引近一点儿，好更容易逮住它。鹦鹉呢，只是想，当它和这么一个出色的朋友一同去喝茶的时候，家里所有的人会多高兴啊。于是它跳到另一根树枝上，离老虎更近了。

“土——豆——好！”它尽可能高声地重复着。

“请再过来一点儿！喂，来呀！”老虎用它那嘶哑的声音回答。

“好喝——的茶，好吃——的牛奶！”

“再飞近一点儿！”老虎又说了一遍。

可怜的鹦鹉离老虎非常近了，就在这一瞬间，老虎突然纵身一跳，用它的利爪抓住了彼得利托。它跳得那么高，简直可以跳过整整一座房子。它没有吃掉鹦鹉，不过撕光了它背部的羽毛，还撕掉了它的尾巴。彼得利托的尾巴上连一根毛也没有剩下。

“收下你的茶吧！”老虎高声地咆哮，“收下你那加牛奶的茶吧！”

鹦鹉又痛又怕，高声大叫着，急急忙忙地飞跑了。可是它飞得很吃力，因为它的尾巴没有了，

而鸟的尾巴是当舵来控制方向的。它在空中东倒西歪地飞着，所有遇到它的鸟都惊恐地飞往一边，躲开这个怪物。

最后它终于飞回家里，头一件事就是忙着到厨房去照一照女厨子的镜子。

可怜的彼得利托变成了一只最可怕、最丑陋的鸟了。这样的怪物只存在于想象之中：身上光秃秃的，没有尾巴，冷得瑟瑟发抖。像这副模样，它怎么能到餐厅里去呢？于是它飞到花园里，在一棵桉树上找了一个树洞，树洞深极了，简直像一个真正的山洞。它藏到树洞里又冷又害臊，浑身颤抖。

这时候人们都觉得很奇怪，鹦鹉躲到哪儿去了呢？

“我们的彼得利托呢？”大家都这么说，于是呼唤它，“彼得利托！——土豆好！彼得利托，好喝的茶！”

可是彼得利托仍然躲在它的树洞里，好像一个哑巴，动也不动，也不回答。人们到处找它，可

怎么也找不到。大家都认为彼得利托死了，孩子们都很伤心地痛哭起来。

每天下午喝茶的时候，大家都会想起彼得利托来，想起它多爱吃泡牛奶的面包。可怜的彼得利托！他们大概再也看不到它了，大概，它是死了……

然而彼得利托并没有死，它仍然躲在那个树洞里，不在任何人跟前露面，因为它非常害臊，这样光秃秃的活像一只大老鼠。每天夜里它爬出来随便吃点儿东西，然后又匆忙回去藏起来。天快亮的时候再悄悄地从树上下来一次，去照照女厨子的镜子。它是那么忧郁，因为羽毛生长得非常慢。

可是，终于有一次，当全家都坐下来喝下午茶的时候，彼得利托突然不动声色、摇摇摆摆、若无其事地走进屋来。看到它安然无恙，而且披着一身那么华丽的羽毛，大家简直都欣喜若狂了。

“彼得利托，小傻瓜，彼得利托！”大家对它说，“你怎么啦，彼得利托？啊呀！它的羽毛多漂亮啊！”

可是谁也不知道这是新羽毛，关于这一点，十分傲慢自大的彼得利托连一个字也不提，它只是默默地吃着在牛奶里泡过的面包，关于自己冒险的事它不发一言。

不过第二天早上鹦鹉突然飞进来，很快地说起话来，并落在主人的肩膀上，它仅用了两分钟就讲完了自己全部的经历：它说它怎样到巴拉圭去闲逛，遇到了老虎，以及所有其他情况。每讲完一段，它就大叫：“彼得利——托身上一根毛——也没有！一根毛——也没有！一根毛——也没有！”

它提议主人去猎虎。

这时候主人正想买一张虎皮铺在壁炉前面，现在听说可以白得，高兴极了。他到屋里去拿来猎枪，就和彼得利托一起动身到巴拉圭去。他们商量好，彼得利托一发现老虎就跟它攀谈，用它那些废话引诱老虎，一直等到猎人走到他所需要的位置上。

事情果然是这样的。鹦鹉落在树枝上，废话连篇，唠叨不停，眼睛却在东张西望，看老虎是不是过来了。终于它听到了劈劈啪啪折断树枝的声音，接着看到下面有两点绿火紧盯着它，这是老虎的眼睛。

鹦鹉开始大叫："美好——的晚上！土——豆——好！——好喝的茶！好吃的牛奶——你想喝杯茶吗？"

老虎认出这就是它认为已经死了的那只秃鹦鹉。看到它又长了一身这么美丽的新羽毛，老虎非常生气，它发誓这次一定不让它活着回去。当老虎嘶哑地吼叫的时候，它的眼里燃起了恶狠狠的火花。

"飞——近——一点儿！喂，过来呀！"

鹦鹉飞到离老虎更近一点儿的树枝上，仍然不住嘴地唠叨着："好吃的面包，好喝的牛奶——它在这棵树底下！"

听到鹦鹉最后那句话，老虎大吼一声，猛一下子从地上跳起来："你跟谁说话？"它高声怒吼，

"你对谁说我在这棵树底下？"

"不对谁，不对谁！"鹦鹉回答，"你好，彼得利托——你好哇，小傻——瓜！"

它继续不断地唠叨着，从这根树枝跳到那根树枝上，离老虎越来越近了。当然，鹦鹉说的"它在这棵树底下"是对猎人说的，这时猎人正从远处瞄准老虎，偷偷地走近了。

"土豆好——当心些！"

终于到了这样的时刻，这时鹦鹉也已经不能再往近处去了，不然它一定会落入虎爪的。这时它叫道："土豆好——当心些！"

"再——飞——近——一——点——儿！"老虎重复地说，并伏在地上准备往上跳。

"好喝的茶，好吃的牛奶！注意！它马上就要跳了！"

真的，老虎跳起来了，它跳得那么高。鹦鹉之所以能逃脱它的利爪，就是因为它像箭一样飞到了空中。就在这一瞬间，站在树下的猎人扣动了扳机，九颗弹丸每颗都像豌豆粒儿那样大小，

闪电般地射进了老虎的心脏。老虎大吼一声——吼声那么可怕，震得整个树林都簌簌发抖——就倒在地上死了。我们的鹦鹉多么得意！它高兴得高声大叫，叫得多响亮啊！不是吗？它已经报了仇了。

猎人也很满意，因为打死一只老虎可不是一件容易的事——现在他已经有一张虎皮可以铺在壁炉前面了。

当他们回家以后，大家都知道彼得利托为什么在树洞里躲了这么久，并且夸奖它勇敢！

从此以后，大家都过着非常幸福的日子。不过鹦鹉还是没有忘记老虎曾经怎样对待它。每天到餐厅去喝下午茶时，它总要到铺在壁炉前面的老虎皮旁边，去请它喝放牛奶的茶。

“土——豆——好！”它对虎皮说，“好喝——的茶，你要喝茶吗？——请给老虎一点儿土豆……”

大家都笑得要死，彼得利托也是一样。

一只懒蜜蜂

从前，蜂房里有一只不爱做工的蜜蜂。换句话说，它总是从一棵树飞到另一棵树上，采集花汁，不过不是拿来酿蜜，而是自己吃掉它。

你们懂得了吧，这是一只懒蜜蜂。每天早上，太阳刚露脸，它就从蜂房口探出身子，看准了天气晴朗，就开始梳妆打扮，像苍蝇那样用爪子擦擦脸，然后兴高采烈地飞出去闲逛了。

它嗡嗡地喧闹着，高兴得屏住呼吸，不知疲倦地在花丛中飞来飞去，一会儿飞回蜂房，一会儿又飞出去，就这样度过整整一天。这时候别的蜜蜂都在不停地劳动——给蜂房里装满蜂蜜——因为蜜就是初生幼蜂的粮食。

不过，蜜蜂是一种性情严肃的昆虫，因为这个懒姊妹经常闲逛，不久它们就都生它的气了。

蜂房门边总是有一些蜜蜂忙碌着，它们在保卫自己的房屋免受其他昆虫侵扰。通常这都是一些最老、最有经验和最聪明的蜜蜂，因为它们经常从蜂房爬出爬进，背上的绒毛都已经磨光了。

有一回，当偷懒的小蜜蜂想要爬进蜂房的时

候，担任守卫的蜜蜂拦住了它，对它说：“你听着，亲爱的朋友，你也应该工作，所有的蜜蜂都应该工作。”

小蜜蜂回答：“我整天飞来飞去，累得没法工作了。”

“你不应该累得没法工作。”它们说，“你应该尽可能多做工作。这是我们对你的第一次警告。”这样说过以后，就放它进去了。

可是懒蜜蜂的毛病总也改不了。因此，守卫蜂第二天又对它说：“应当工作了，小妹妹。”

它立刻回答：“就在这几天里，我一定开始工作。”

“不，不是这几天里，”守卫蜂说，“你明天就得开始。当心，可别忘了。”于是它们又放它进了蜂房。

第三天傍晚，情形还是一样。不过还没等到守卫的蜜蜂们开口，懒蜜蜂就抢先大声说：

“是的，是的，亲爱的姊妹们，我记得我答应的话。”

“问题不只在于你记得，”它们回答，“你答应的事情，就应该做到。今天是四月十九号。唔，这么着吧，明天，二十号这天，你一定要采一点儿蜜回来，就是很少一点儿也行。现在你过去吧。”

它们这样说着，就爬到旁边，让懒蜜蜂爬进蜂房。

可是第二天仍然和前几天一样，只不过有这么一点儿区别：日落时天气变坏了，刮起了寒风。

懒蜜蜂一面匆匆忙忙飞回蜂房，一面心里寻思，家里想必是又温暖又舒适的。可是当它想要钻进蜂房的时候，守卫的蜜蜂们不放它进去。

“不成！”它们冷冷地对它说。

“我要回家嘛！”小蜜蜂大嚷道，“这是我的蜂房！”

“不，这是那些可爱的勤劳的蜜蜂们的蜂房。”守卫蜂回答它说，“这里不准懒骨头进来。”

“我明天一定开始工作。”小蜜蜂坚持说。

“不劳动者没有明天。”总是喜欢讲哲理的蜜蜂们回答。它们这么说着，就把它推了出去。

懒惰的小蜜蜂不知道该怎么办才好。它又飞了一会儿，夜幕已经降临，四周变得一片漆黑。它本想落在一片叶子上，可是掉到地上了。它冻得浑身麻木，再也飞不动了。它在地上爬着，一会儿爬上，一会儿爬下，时常碰到一些小木片和小石子，在它看来，这些东西都好像是一座座高山。终于——刚巧在第一阵寒冷的雨点飘落的时候，它很吃力地爬到了蜂房前面。

“天哪！”不幸的小蜜蜂大叫道，“下起雨来了，我准会冻死的。”它想要爬进蜂房去。可是守卫的蜜蜂们又拦住了它的路。

“饶了我吧！”小蜜蜂呻吟着说，“放我回家吧！”

“迟了！”守卫的蜜蜂回答它。

“好姐姐，请你们放我进去吧，我要睡觉哇。”

“太迟了！”

“好朋友们，可怜可怜我吧，我冷啊。”

“不成！”

"我求求你们！我这就要死了。"

对它这句话的回答是："不，你不会死的。不过经过这一夜，你就会懂得，劳动一天以后应得的休息意味着什么了。走开！"

于是又把它赶走了。

小蜜蜂冻得浑身发抖，垂下了湿透了的翅膀。它蹒跚地、跌跌撞撞地爬着，自己也不知道往哪儿去。它爬着，爬着，突然一下子跌进一个深坑，更准确些说，是跌到一个山洞里去了。

它这样往下落呀，落呀，它觉得，永远也不会停下来了。最后，它终于落到了底。这才突然发现，它落到了一条红褐色脊背的绿皮蛇跟前，那条蛇正盘作一团，紧盯着蜜蜂，准备朝它扑过来。

懒蜜蜂跌进去的那个山洞，其实并不像它最初所想象的那样——根本不是什么山洞，而是一个把树挪走以后遗留下来的土坑。那里面住着一条蛇。

蛇是吃蜜蜂的，蜜蜂是它们可口的点心——正因为这样，我们的懒蜜蜂一看到面前有一条蛇，就吓得闭上眼睛，喃喃地说：“永别了，我的生命，这是我最后一次见到天日了。”

可是使它万分惊奇的是，蛇并不吃它，倒跟它攀谈起来。

“过得怎么样啊，小蜜蜂？”蛇问，“既然你在这么晚的时候落到这里，大概你是不大喜欢做工吧。”

“嗯，你猜对了。”懒蜜蜂说，“我不喜欢工作，都怪我自己不对。”

“哼！”蛇嘲笑地用咝咝的声音说，“既是这样，那么我就要让大地摆脱一个丑恶的虫子了——我这就吃掉你，小蜜蜂。”

小蜜蜂浑身颤抖着大嚷：“这不公道，一点儿也不公道。您要吃我，只是因为您比我强大。喏，人类都懂得什么叫作公道……”

“啊呀，啊呀！”蛇懒洋洋地盘着圈子说，“你对人类可倒了解得蛮清楚啊，你敢肯定地说，那些夺走你们的蜂蜜的人，比我更公道，是吗？啊哈，你这个小傻瓜！”

“不，问题不在于他们夺走我们的蜜。”蜜蜂反驳说。

“那么在于什么呢？”

“在于他们比我们聪明。”小蜜蜂说。

“啊，好的。公道就公道吧，反正我还是要吃你。你准备好吧。”为了好往前扑，蛇把身子向后一仰。

可是小蜜蜂大嚷道：“您这样做，是因为我比您聪明。”

“比我聪明？哼，你这个乳臭未干的小家伙！”蛇从鼻孔里哼着说。

“不错，比您聪明。”小蜜蜂又说了一遍。

“好吧，”蛇说，“咱们试试看，咱俩到底谁聪明，这还得证明一下呢。这么办吧，咱们都来做一件稀奇的事情，谁做的事情最稀奇，就算谁赢。如果我赢了，我就要吃掉你。”

“要是我赢了呢？”蜜蜂说。

“要是你赢了的话。我就准许你在这里过一夜，一直到天亮。同意吗？”

“好的。”蜜蜂回答。

蛇又哈哈大笑起来——它想出了一个巧妙的把戏，无论如何，蜜蜂是一辈子也不会玩这种把戏的。

喏，看它想出了什么把戏。一眨眼的工夫，蛇爬出坑去，还没等蜜蜂弄清楚是怎么回事，它就摘回一颗桉树的果实来，那个蜂房就是在这颗桉树的树荫下面。

孩子们常把这种桉树果当作陀螺抽着玩，因此就管它们叫作“桉树陀螺”。

“喏，看我要做什么。”蛇说，“留神看着点儿吧！”于是它飞快地把它的尾巴缠在桉树陀螺周围，就好像它的尾巴是一根又细又结实的绳子，然后猛力把它放开，于是陀螺就发疯似的嗡嗡响着旋转飞舞起来。

蛇得意地笑着，庆幸自己的胜利，因为不管哪一只蜜蜂，无论如何一辈子也不会抽陀螺的。当陀螺像打瞌睡似的开始倾斜——正像所有的陀螺一样——随后完全倒在地上的时候，蜜蜂说：“这是一种很巧妙的玩意儿，我当然永远也搞不出任何类似的玩意儿来的。”

“是吗，那么我就要吃掉你了。”蛇大叫道。

“等一等！我不能做您做过的事情，可是我能做一件谁也办不到的事情。”

“是什么事情呢？”

“我能变不见了。”

“怎么？”蛇惊奇地跳了起来，高声大喊，“变不见了，不从这里出去吗？”

“对，不出去。”

“也不藏到地里去？”

“也不藏到地里去。”

“好吧，试试看吧。如果你办不到，我立刻就吃掉你。”蛇说。

事情是这样的，趁陀螺旋转的当儿，蜜蜂把整个土坑仔细察看了一遍。它发现坑当中有一个小草丛，更准确些说，这甚至不是一个草丛，只不过是一颗长着大叶子的小草罢了。

蜜蜂竭力不碰那棵小草，爬到它的旁边，然后

说:“现在该轮到我了，蛇夫人。劳您驾，请您转过身去，数一二三。您一数完‘三’，就可以到各处找我。那时候我就不见了！”

事情果真如此。蛇数着“一、二、三！”它飞快地数到“三”，便回过头来。它惊奇得张大嘴巴——蜜蜂失踪了。蛇上下左右都仔细看过了，搜查了所有的角落，察看了小草，吐出舌头向四下里探索了一阵儿，白费力气——蜜蜂不见了。这时候蛇才明白，它那个陀螺的把戏虽然很巧妙，可是蜜蜂的谜却更加难解。它做了什么？它藏在哪儿呢？无论如何也猜不出！

“好啦，”最后蛇说，“我承认失败。你在哪儿呢？”

这时候从坑底下传出了勉强可以听到的细微的声音——这是蜜蜂的声音。

“您不会怎么着我吧？”这声音问，“我可以相信您的誓言吗？”

“是的。”蛇回答，“我发誓，不怎么着你。你在哪儿呢？”

“在这儿。”小蜜蜂回答，它突然从一片卷成小筒的叶子里爬了出来。

这是怎么一回事呢？非常简单。蜜蜂藏身的那棵小草叫作水金花。在这儿，在布宜诺斯艾利斯，这种植物都很多。它的叶子只要被轻轻地碰一下，就会卷成小筒。我们所讲的这个故事发生在密西奥涅斯，一般地讲，那里的植物长得都很茂盛，因此水金花的叶子都很大。当蜜蜂一碰到水金花的叶子的时候，叶子就卷了起来，遮住了我们的小蜜蜂，使敌人看不到它。

蛇不善于观察，因而也不知道水金花的这些特性；可是聪明的小蜜蜂老早就研究过它了，现在利用它救了自己的性命。

蛇什么话也没有说，不过它还是因为自己的失败对小蜜蜂挺生气。于是这个可怜的客人一夜之中不得不几次向蛇提醒它的诺言。

夜间暴雨大作，水像小河一样流进坑来，蛇和小蜜蜂都躲在尽里面的角落里，紧贴着坑壁，共同度过了这个漫长的黑夜。坑里很冷，而且异常

黑暗。蛇老是觉得，它抑制不住向小蜜蜂扑过去的欲望，每逢这时候，小蜜蜂都吓得魂飞魄散。小蜜蜂有生以来还从来没有想到，夜竟会是这么冷，这么长，这么可怕。它悲伤地想起过去温暖舒适的蜂房里的生活，不由得悲痛地轻轻啜泣起来。

当白昼来临，太阳探出头来的时候，小蜜蜂立刻飞出坑去，等它飞近由它们整个家族共同劳动筑成的蜂房时，它不由得又热泪盈眶了。

守卫蜂们一声不响，默默地放它进去。它们非常清楚，既然它飞了回来，那么它就再也不会是一个游手好闲的懒骨头了——要知道，仅仅在这一夜之间，生活已经给它上了严厉的一课，教会了它许多东西。事实的确是这样，过了这一夜以后，这个蜂房的蜜蜂当中，没有哪一个像它一样，采集了那么多花粉，带回那么多蜜来。

秋天到了，随着秋天的来临，我们这只小蜜蜂的生命末日也要到了，这时候它抽了一点儿空，最后一次教导那些围绕着它的年轻的小蜜蜂：“与其说是我们的机智，不如说是我们的劳动使我们这么强大有力。我总共只有一次使用过机智，那是当我遇到生命危险的时候。可是如果我也像大家一样勤勤恳恳地劳动的话，本来是用不着使用心机的。当我整天飞来飞去无所事事的时候，我同样也觉得疲倦，并不比以后工作的时候轻松。从前我没有充分意识到自己的责任——在那个值得纪念的夜晚，我才懂得了这一点。

“劳动吧，亲爱的朋友们，要常常想到：我们努力的目的——大伙儿的幸福——是比我们个人的劳累更重要的。人类把这个叫作理想，他们是对的。除此之外，世界上也不应该有别的哲学。”